청산리

청산리

지은이 | 표윤명

1판 1쇄 펴낸날 | 2017년 9월 25일

펴낸이 | 이주명
편집 | 문나영
인쇄 | 한영문화사
제본 | 한영제책사

펴낸곳 | 필맥
출판등록 | 제300-2003-63호
주소 | 서울시 서대문구 경기대로 58 (충정로2가) 경기빌딩 606호
홈페이지 | www.philmac.co.kr
전화 | 02-392-4491
팩스 | 02-392-4492

ISBN 978-89-97751-90-7 (03810)

* 잘못된 책은 바꿔드립니다.
* 값은 뒤표지에 있습니다.

이 도서의 국립중앙도서관 출판예정도서목록(CIP)은 서지정보유통지원시스템 홈페이지(http://seoji.nl.go.kr)와 국가자료공동목록시스템(http://www.nl.go.kr/kolisnet)에서 이용하실 수 있습니다.(CIP제어번호: CIP2017021831)

청산리

표윤명 역사소설

필맥

1. 흰 구름 이는 골짜기에 · 6

2. 천수평 · 45

3. 어랑촌 전투 · 81

4. 봉오동 전투 · 115

5. 연이은 승리 · 141

6. 칼머리 바람 센데 관산 달은 밝기만 하구나! · 173

참고한 자료 · 184

1. 흰 구름 이는 골짜기에

백운평(白雲坪) 골짜기 아래를 노려보는 눈빛이 매섭다. 만주의 범다운 풍격이 묻어났다. 가지런히 다듬은 여덟 팔 자 수염이 강철 같은 강인함을 더해주고 있었다.

숨죽인 골짜기는 말 그대로 폭풍 전야. 안개 사이로 차디찬 골짜기가 서서히 모습을 드러냈다.

"놈들이 들어서고 있습니다."

긴장된 목소리가 조심스럽게 흘러나왔다. 북로군정서군 연성대장교 한건원의 목소리였다. 만주의 범 백야 김좌진은 말없이 고개만 끄덕였다. 한건원은 손을 들어 골짜기로 들어서고 있는 일본군을 가늠했다.

"이백여 놈은 족히 될 것 같습니다."

야스가와 소좌가 거느린 야마다 연대 전위부대였다. 이제 막 좁은 백운평 골짜기로 들어서고 있었던 것이다. 말에 올라탄 야스가와 소좌의 뒤로 야마다 연대 전위부대원들이 어슬렁어슬렁 걷고 있었다. 이들에게서는 어떠한 긴장감도 찾아볼 수가 없었다. 마치 단풍구경을 나온 놀이패만 같았다. 아니, 이들의 행군에서는 독립군에 대한 무시와 얕잡아봄, 그런 것만이 남아있는 듯했다. 그도 그럴 것이, 무기도 변변히 갖추지 못한 조선의 독립군들이 야마다 연대가 왔다는 말에 기겁하며 허둥지둥 달아났다는 이야기를 들은 게 엊그제의 일이기 때문이었다. 야스가와 소좌도 그런 상황에서 괜한 긴장으로 대원들의 사기를 저하시킬 이유가 없다고 생각했다. 일본군들은 어깨에 멘 총을 두드려대며 노래까지 불러댔다.

　험한 절벽과 가파른 산기슭으로 둘러싸인 백운평 골짜기는 매복하기에 안성맞춤인 지형이었다. 골짜기 입구는 호리병 주둥이처럼 좁았고 안쪽은 적당히 넓은 빈터가 있어 시야가 탁 트였다. 절벽 위와 산기슭에 매복해 있다가 공격하기에 매우 적합한 지형이었던 것이다.

　마침내 전위부대 후미까지 백운평 골짜기로 들어섰다.

"사령관님, 어떻게 할까요?"

한건원이 물은 것이다.

"조금만 더 기다려라."

가라앉은 목소리가 백운평을 묵직하게 눌렀다. 백야 김좌진은 기다리라 이르고는 스승 김복한의 말을 떠올렸다.

"우리 민족은 저들과 다르다. 저들이 누구냐? 도적질을 일삼던 왜구다. 우리 민족은 예로부터 인의를 숭상하고 공맹을 우러러왔다. 그랬기에 동방예의지국이라 불렸으며 어려운 일이 있을 때는 만백성이 들고 일어나 이 땅을 지켜왔다. 그 힘은 그냥 생기는 것이 아니다. 이 가슴속에 의로운 것이 가득해야 그리 할 수 있는 것이다. 의가 무엇이더냐? 옳음이다."

스승 김복한은 이 한마디를 던지고는 의병에 참가했었다. 이웃 고을 광시에서 민종식이 의병을 일으키자 떨치고 일어섰던 것이다. 그러나 실패했다. 그렇다고 그대로 주저앉을 기개가 아니었다. 다시 일어선 의병은 결국 홍주성을 점령했다. 일제로부터 나라를 되찾는다는 백성의 옳음을 향한 의지는 결연했다. 그러나 잔학한 일제는 대대적인 공격으로 홍주성을 짓밟았고 의병들은 참사를 당하고 말았다. 백야 김좌진이 15세 때 있었던 일이다. 청년 김좌진의 눈에 불꽃이 튀었다. 분노는 극에 달했고 나라를 되찾아야 한다는 스승의 옳은 가르침은 가슴에 낙인으로 새겨두었다. 곧이어 노비를 해방하고 전답을 팔아치웠다. 독립군 자금으로 쓸 요량이었다. 그러면서 스승 김복한이 누누이 강조하던 남당 한원진의 인물성이론(人物性異論)을 가슴에 새겼다. 우리 배달겨레는 왜구와 본질적으로 다르다는 것을 깊이 새겨두었던 것이다. 아울러 홍주 의병의 거사를 통해, 나라를 되찾고 백성을 구하는 길은 오직 무장투쟁뿐이라는 결론에 달했다. 그것이 그로 하여금 지금 백운평에 있게 한 것이다.

안개가 걷혔다. 백운평 골짜기가 훤히 드러났다. 일본군은 수런거리며 터덜터덜 백운평 골짜기 깊숙이 들어섰다. 산기슭에 매복해 있던 북로군정서군 제2지대 독립군들의 시선이 일제히 만주의 범 백야 김좌진에게로 향했다. 그러나 아니었다. 백야 김좌진은 가만히 손을 들어 기다리라 명한 것이다.

"아직 아니다."

아니나 다를까 일본군 전위부대는 행군을 멈추고는 주변을 둘러보았다. 그러나 그것은 경계를 위한 것이 아니었다. 깊어가는 가을 경치를 감상하기 위한 것이었다. 나무 등걸과 바위, 그리고 물들어가는 나뭇잎으로 위장한 채 매복한 북로군정서군은 긴장한 눈빛으로 백운평 골짜기 아래를 내려다보았다. 이어 야스가와 소좌의 날카로운 목소리가 백운평 골짜기를 울렸다.

"서둘러라! 독립군 놈들이 여기는 벗어난 모양이다."

이어 어슬렁거리던 일본군이 걸음을 빨리했다. 북로군정서군의 발아래를 향해 명을 재촉해 오고 있던 것이었다. 야스가와 소좌를 노려보며 백야 김좌진은 처음 만주로 들어오던 때를 떠올렸다.

대한광복회 회원으로 군자금 모집에 참여했던 백야 김좌진은 일제에 발각되어 그만 쫓기는 신세가 되고 말았다. 광복회의 선택은 만주였다. 백야 김좌진을 만주로 들여보내기로 한 것이다. 이에 백야 김좌진은 독립에 대한 염원 하나만을 가슴에 새긴 채 만주로 들어왔다. 그리고 낯선 이국땅 길림에 머물고 있던 그에게 대한정의단 총재 서일이 손을 내밀어왔다. 대한정의단과 함께 하자는 것이었다. 대한정의단은 무장투쟁을 할 인재가 필요했고 그 인물로 백야 김좌진이 적합하다고 여겼던 것이다. 무장투쟁이라는 말에 백야 김좌진은 흔쾌히 허락했고 곧 왕청으로 향했다.

　백야 김좌진은 왕청현 춘명향의 대감자에 있던 대한정의단으로부터 대대적인 환영을 받았다.

　"그대 같은 조국의 인재가 우리 대한정의단의 일원이 된 것은 하늘의 뜻이 우리에게 있음을 알리는 것이오."

　대한정의단 총재인 서일은 이런 말로 백야 김좌진을 반겼다. 하늘의 뜻을 빌려 환영했던 것이다.

　"조국의 독립을 위한 일인데 어찌 가만히 보고만 있을 수 있겠습니까? 이 몸이 두 동강이가 난다 해도 저는 조국을 되찾는 일에 천번 만번 매진할 것입니다. 그것만이 삼천만 동포가 사는 길이고 제가 사는 길이기 때문입니다."

　총재 서일은 백야 김좌진의 두 손을 꼭 잡았다. 이후로 대한정의단은 대한군정부로 명칭을 바꿨다. 그러나 곧 대한민국임시정부에서

정부라는 말을 바꾸라는 연락을 받았다. 대한민국임시정부가 있는데 대한군정부라는 말을 쓰게 되면 두 개의 정부가 있는 셈이 되니 명칭을 바꾸고 대한민국임시정부 아래로 들어오라는 것이었다. 이치상 맞는 말이었기에 대한군정부는 곧 북로군정서로 이름을 바꾸고 대한민국임시정부의 소속기관으로 들어갔다.

"백야, 그대가 우리 북로군정서의 사령부를 맡아 주시오."

총재 서일의 부탁에 백야 김좌진은 북로군정서군의 총사령관이 되었다. 북로군정서 사령부는 총재부가 있는 대감자가 아닌 서대파 십리평에 두었다. 같은 곳에 있으면 위험할 수 있기 때문이었다. 따로 분리되어 있어야 일본군의 기습에도 피해를 줄일 수 있기 때문이었던 것이다. 또한 서대파가 군사를 훈련하기에 좋은 입지 조건을 갖추고 있었기 때문이기도 했다.

북로군정서군의 총사령관이 된 백야 김좌진은 열악한 환경에 난감해했다. 무엇부터 손을 대야 할지 그저 막막하기만 했다. 이런 사령부를 맡긴 총재 서일조차도 미안함에 몇 번이나 사과의 말을 건네곤 했다.

"준비가 되지 못한 사령부를 그대에게 억지로 맡기는 것 같아 정말 미안하오. 허나 이 모두 조국을 위한 일이니 이해해 줄 것이라 믿소."

총재 서일의 미안해함에 백야 김좌진은 손사래를 쳤다.

"별말씀을 다 하십니다. 이런 기회를 주신 것만으로도 이 백야는 감사할 따름입니다. 제가 책임지고 사령부를 일으키도록 하겠습니다."

'고맙소.'

총재 서일은 백야 김좌진의 두 손을 뜨겁게 맞잡았다.

백야 김좌진은 먼저 서로군정서의 이상룡에게 도움을 요청하기로 했다. 독립군을 가르칠 교관이 필요했기 때문이었다. 서신을 띄웠다. 그리고 답신을 받았다. 교관 이장녕을 보내주겠다는 것이었다. 더불어 철기장군 이범석을 비롯해 한건원, 이민화, 김춘식 등을 함께 보내왔다. 북로군정서군으로서는 큰 힘이 되었다.

마침내 백야 김좌진은 총재 서일에게 약속했던 대로 북로군정서군을 우뚝 세웠다. 천육백여 명의 대군단으로 조직을 완료했던 것이다. 총 네 개 대대로 편성을 했는데 한 개 대대에 네 개의 중대를 두었고 각 중대에는 두 개의 소대를 두었다. 그리고 각 소대는 오십여 명의 독립군으로 구성을 마쳤다. 무기는 소총 천삼백여 정과 권총 백오십여 정, 기관총 일곱 정, 야포 두 문, 수류탄 이천여 개를 보유했다. 그것이 엊그제의 일이었다.

백야 김좌진은 회상에서 벗어나며 백운평 골짜기를 내려다보았다. 아직도 야스가와 소좌가 이끄는 야마다 연대 전위부대는 백야 김좌진이 바라는 곳까지 다다르지 못하고 있었다. 좀 더 기다려야 했다. 그 사이, 다시 지난날이 떠올랐다. 백범 김구를 만나던 때였다.

＊＊＊

"이런 곳에서 그대 같은 젊은이를 만나다니, 이 백범이 그래도 인복(人福)은 제법 있나 보오."

말끝에 웃음까지 머금었다. 백야 김좌진은 가슴이 벅찼다. 말로만 듣던 그 백범 김구 선생을 직접 대면했기 때문이었다.

"그런데 어쩌다 오게 되었소?"

백범의 물음에 백야 김좌진은 그간의 일을 설명했다. 독립군 자금을 마련하기 위해 서울 관수동에 이창양행이라는 가게를 열었었다. 그리고는 김찬수, 안승구 등의 동지들과 함께 자금을 모금했다. 어효선, 오명환, 김종근 등의 부자들을 상대로 자금을 모집하려 했으나 뜻대로 이루지를 못했다. 이들이 협조하지 않았기 때문이다. 협조는커녕 오히려 일제에 신고함으로써 체포되는 신세가 되고 말았다. 그리고 서대문형무소에 수감되게 되었고 그곳에서 뜻하지 않게 백범 김구를 만났던 것이다.

"선생님을 이런 곳에서 뵙게 되어 송구스럽습니다."

백야 김좌진은 고개를 숙였다. 그러나 백범 김구는 백야 김좌진의 손을 잡고 조용한 목소리로 말을 건넸다.

"어찌 부끄러워하오. 이런 곳에서 만난 것은 오히려 자랑스러워해야 할 일이오. 부끄러워하지 마오. 그러면 어떻게 조국을 되찾겠소."

"그것이 아니라 겨우 일제 헌병 놈들에게 붙잡힌 꼴이 부끄러워 드리는 말씀입니다."

백야 김좌진의 분노에 백범 김구는 너털웃음을 터뜨렸다.

"그렇게 보면 이 몸은 더하오. 그대는 헌병에게나 붙잡혔지, 나는 헌병도 못 되고 겨우 순사 놈들에게 붙잡히고 말았다오."

말을 마친 백범 김구는 껄껄웃음을 터뜨렸다. 칙칙한 형무소 안에 때 아닌 유쾌한 바람이 불어 젖혔다. 그때였다.

"천황폐하를 모독한 놈들이 웃음이라니? 조용히 하지 못할까!"

간수장 요시가와가 소리쳤다.

"내 땅에서 내가 웃겠다는데 네놈이 무슨 상관이냐? 네놈이나 주둥이 닥치고 있어라."

추상같은 백범 김구의 호통에 요시가와는 흠칫했다. 그러나 곧 얼굴을 일그러뜨리며 자리에서 일어섰다.

"이런 조센징을 봤나. 감히 천황폐하의 신민을 욕보이다니."

요시가와는 채찍을 들고 다가왔다. 백야 김좌진이 막아섰다.

"손끝 하나만 건드려 보아라. 네놈은 그 순간 황천길로 갈 것이다."

주먹까지 부르쥔 백야 김좌진의 부릅뜬 눈에 요시가와는 흠칫 물러섰다. 백야 김좌진의 눈빛이 워낙 무서웠기 때문이다.

"이봐, 뭐하느냐? 이놈들을 당장 매달아라!"

간수장 요시가와는 고래고래 소리를 지르며 헌병을 불렀다. 곧이어 요란한 발자국 소리와 함께 헌병들이 달려왔다.

"이놈들을 취조실로 데려가 매달아라. 죽지 않을 만큼 본때를 보여줘라!"

요시가와의 명령에 일제 헌병은 백범과 백야 김좌진을 거칠게 잡아끌었다.

"가자!"

양쪽에서 붙잡는 헌병을 백야 김좌진은 몸부림쳐 물리쳤다.

"놔라! 내가 걸어서 갈 것이다."

백야 김좌진은 당당한 걸음으로 먼저 취조실 쪽으로 향했다.

"나라를 위해 일하다 이리 되었으니 너무 아파하지는 마세나!"

백범 김구의 위로가 뒤에서 들려왔다.

"알겠습니다. 선생님께서도 너무 심려치 마십시오. 저는 웃으며 나오겠습니다."

"알겠네. 우리 그러세나."

백범 김구는 다시 껄껄웃음을 터뜨렸다.

"애국청년을 만나 기쁜 날이로세. 웃지 않을 수 없는 날일세."

그러고는 고된 고문이 이틀이나 계속되었다. 그러나 백범도 백야

1. 흰 구름 이는 골짜기에

도 한 번도 굽히지 않았다. 그리고 약속한 대로 웃으며 취조실, 아니 고문실을 나왔다.

 잔학한 일제는 백범과 백야 김좌진을 다른 곳에 가두었다. 서로 대면치 못하도록 독방에 가두었던 것이다. 이후로 백야 김좌진은 서대문형무소를 나올 때까지 한 번도 백범을 보지 못했다.

* * *

회상에서 벗어난 백야 김좌진은 한숨을 길게 내쉬었다.

 어느새 일본군은 발아래에 도달해 있었다. 야스가와 소좌의 정수리가 내려다보이고 있던 것이었다. 백야 김좌진은 허리춤의 권총을 꺼내들었다. 그러고는 야스가와를 향해 겨눴다. 백야 김좌진의 입가에 회심의 미소가 어렸다.

 "야스가와, 너는 걸려들었다. 여기가 네 무덤이 될 것이다!"

 백야 김좌진은 방아쇠에 힘을 주었다.

* * *

"만주에 있는 독립군을 몰아내기 위해 일본군이 압록강을 건넜다고 하네. 대대적인 작전을 펼칠 계획이라고 하네."

참모부장인 나비장군 나중소가 다급한 얼굴로 백야에게 건넨 말이었다. 이어 연성대장인 철기장군 이범석도 숨을 몰아쉬고는 거들었다.

"이미 훈춘을 비롯해 길림에까지 대대급의 일본군이 들어와 있다고 합니다."

그러나 백야 김좌진은 그저 태평하기만 했다. 뭔가를 기다리고 있는 듯했다. 아니나 다를까, 사령관실로 다급한 발자국 소리가 들려왔고 이어 문을 두드리는 요란한 소리가 귀를 때렸다.

"사령관님, 박종렬입니다."

북로군정서 연성대 종군장교 박종렬이었다.

"들어오게!"

문이 열리고 검게 그을린 얼굴의 박종렬이 식식거리며 들어섰다.

"야마다 연대가 백리 밖에 진을 치고 있다고 합니다. 내일이면 전위부대가 이곳으로 들이닥칠 거라 합니다."

참모부장인 나비장군 나중소와 연성대장인 철기장군 이범석은 그것 보라는 듯이 백야 김좌진의 얼굴을 빤히 쳐다보았다.

"준비를 할까?"

나비장군 나중소가 물은 것이다. 그러나 여전히 백야 김좌진의 얼굴은 변함이 없었다. 잠깐의 침묵이 흘렀다. 사령관실 밖으로 노랗게 물든 은행잎이 바람에 흩날리고 있었다. 깊어가는 가을이었다. 연병장 건너편으로는 붉은 수수도 고개를 숙이고 있었다.

"소문을 내게."

뜬금없는 백야 김좌진의 말에 참모부장 나중소를 비롯해 연성대장 이범석, 그리고 종군장교 박종렬은 서로 얼굴만 쳐다보았다.

"소문을 내라니요?"

종군장교 박종렬이 묻자 그제야 백야 김좌진은 자리에서 일어섰다.

"가서 인근에 있는 동포들에게 우리가 달아났다는 소문을 내게 하란 말일세. 무기도 없고 싸울 만한 능력도 없어 백운평 골짜기 쪽으로 달아났다고 말일세."

옷깃을 여민 백야 김좌진은 의도를 몰라 멀뚱히 서 있는 참모부장 나중소, 그리고 연성대장 이범석과 종군장교 박종렬을 향해 다시 입을 열었다.

"전열을 정비해 백운평으로 간다."

그제야 연성대장 이범석의 얼굴이 밝아졌다.

"매복을 하자는 말씀이시군요?"

백야 김좌진은 말없이 고개만 끄덕였다. 참모부장 나중소와 종군장교 박종렬의 얼굴도 환해졌다. 그제야 백야 김좌진의 의도를 알아챘기 때문이다.

"알겠습니다, 사령관님."

종군장교 박종렬은 즉시 밖으로 나가 부하들을 이끌고는 한인 동포들이 거주하고 있는 마을로 내려갔다.

박종렬이 나가자 백야 김좌진은 즉시 긴급 작전회의를 소집했다. 야마다 부대를 격퇴하는 작전을 짜기 위한 참모회의에 들어갔던 것이다.

참모장 이장녕을 비롯해 참모부장 나중소, 부관 박영희, 참모 정인철, 그리고 연성대장 이범석과 연성군 종군장교 이민화, 한건원, 김춘식 등이 모두 모였다.

만주벌의 호랑이 백야 김좌진의 눈빛이 형형하니 불타오르고 있었다. 일본군에 대한 적개심으로 가득 찬 눈빛이었다.

"이제 우리가 그토록 기다리던 때가 되었습니다. 더구나 놈들이 제 발로 찾아들었으니 우리에겐 더없이 좋은 기회이기도 합니다. 우리 북로군정서군의 이름으로 놈들에게 죄를 묻도록 합시다."

작전실에 모인 참모들의 눈빛이 하나같이 빛났다. 좌중을 한 번 둘러본 백야 김좌진은 생각해 두었던 듯 작전을 술술 풀어놓기 시작했다.

"두 개 부대로 나눌 것입니다. 먼저 제1대는 제가 직접 지휘할 것입니다. 그리고 제2대는 연성대장 이범석 대장이 맡을 것입니다."

연성대장 이범석은 말없이 고개만 숙여 대답했다. 백야 김좌진의 말은 거침없이 이어졌다.

"백운평이 우리에게 첫 승리를 가져다 줄 것입니다. 아시다시피 백운평은 매복하기에 좋은 곳입니다. 험한 절벽과 가파른 산기슭이 가로막고 있어 우리가 고지에 매복하고 있다가 공격하면 놈들은 속수무책으로 당하고 말 것입니다. 게다가 입구는 좁고 계곡은 넓어 놈들이 한번 들면 빠져나가지도 못할 것입니다."

말없이 모두 고개만 끄덕여 동의를 표했다. 반짝이는 눈빛들이 하나같이 투지에 불타오르고 있었다.

"제2대는 절벽 쪽에 올라가 매복을 하게. 나는 맞은편 산기슭 쪽에 매복을 할 것이네."

백야 김좌진의 말에 연성대장 이범석은 이번에도 고개를 끄덕여 대답했다.

"알겠습니다, 사령관님."

연성대장 이범석을 바라보는 백야 김좌진의 눈빛이 신임으로 가득 차 있었다. 철기장군 이범석 역시 백야 김좌진에 대한 믿음으로 가득 찬 얼굴이었다.

"제2대는 앞쪽을 맡게. 나는 뒤쪽을 맡을 것이네."

"예, 알겠습니다."

짧은 대답 속에 결연한 의지가 담겨있었다. 그만큼 연성대장 이범석의 각오도 남달랐던 것이다.

"전투부대 구성은 어떻게 하실 요량인가?"

참모장 이장녕이 물은 것이었다.

"사관양성소 졸업생들로 제2대를 구성하십시오. 나머지는 제가 지휘할 것입니다."

정예군을 연성대장 이범석에게 양보하겠다는 것이었다. 모두들 고개를 끄덕였다.

"전투는 놈들이 백운평 골짜기로 완전히 들어섰을 때 시작할 것입니다. 권총을 발사하는 것을 신호로 삼으십시오."

"알겠네, 사령관."

이렇게 해서 북로군정서군은 육백여 명의 독립군을 삼백여 명씩 두 개의 부대로 나누어 편성했다. 그러고는 백운평 골짜기로 이동해 일본군이 들어오기만을 기다렸다.

한편, 연성대 장교 박종렬은 인근의 동포들에게 북로군정서군의 작전대로 해줄 것을 부탁했다. 북로군정서군의 일이라면 자다가도 벌떡 일어나 협조할 정도로 적극적인 한인 동포들은 백야 김좌진의 작전에 잘 따라 주었다. 야마다 연대의 전위부대가 도착하자 작전대로 소문을 퍼뜨렸던 것이다.

***

순간, 골짜기를 뒤흔드는 총성이 울려 퍼졌다. 백운평을 무너뜨리는 소리였다. 그와 동시에 맨 앞에 있던 야스가와가 말 위에서 굴러 떨어졌다. 어깨에 총탄을 맞았던 것이다. 이어 하늘에서 유성우가 쏟아지듯 총탄이 빗발치기 시작했다.

"적의 습격이다. 흩어져라!"

어깨를 움켜쥔 야스가와는 흩어지라며 소리를 질러댔다. 그러나 정조준해 쏘아대는 북로군정서군의 총탄을 피할 수는 없었다. 순식간에 일본군들이 쓰러졌다.

"소좌님, 괜찮으십니까?"

부관 노부스케였다. 피가 흘러내리는 야스가와의 어깨는 금방 붉게 물들었다. 노부스케의 얼굴에 회심의 미소가 어렸다.

'이제 전위부대는 내가 지휘한다.'

야스가와를 바라보는 노부스케의 눈빛이 반짝했다.

"골짜기를 벗어나야 한다. 적은 고지에 있다."

야스가와는 어떻게 하든 위기를 벗어나려 했다. 얼굴은 일그러졌고 자신의 안이함을 후회하는 눈빛이 역력했다.

"여기를 벗어나야 한다. 모두 후퇴하라 일러라!"

야스가와는 이제 소리도 지르지 못할 정도로 힘에 겨워했다.

"알겠습니다. 소좌님."

노부스케는 야스가와를 부축해 일으키며 소리쳤다.

"골짜기를 벗어나라. 일단 후퇴하라!"

그러나 빗발치듯 쏟아져 내리는 총탄과 귀를 찢는 기관총 소리에 노부스케의 목소리가 들릴 리 없었다. 게다가 연이어 퍼부어대는 야포 소리는 야마다 연대 전위부대원들의 넋을 빼앗기까지 했다.

상황은 좋지 않았다. 백운평 골짜기가 순식간에 뽀얀 먼지로 뒤덮였다. 하늘에서는 총탄이 빗줄기처럼 쏟아져 내리고 있었다. 피가 튀었다. 비명도 쏟아졌다.

"나의 안이함이 또 다시 함정에 걸려들게 하고 말았구나! 이런 제기랄."

야스가와는 자신을 질책하며 매복 작전에 걸려든 것을 후회했다.

"한 놈도 남기지 마라. 골짜기를 벗어나지 못하게 뒤쪽으로 집중사격하라!"

만주의 범 백야 김좌진의 목소리가 산기슭을 울렸다. 이어 건너편 절벽 위에서도 연성대장인 철기장군 이범석의 외침이 들려왔다.

"조국의 원수다. 저놈들 한 놈 한 놈의 피가 조국을 되찾는 독립의 초석이 된다. 용서치 마라!"

피 끓는 외침에 북로군정서군은 방아쇠를 당기는 데 더욱 진력했다. 한 치의 오차도 없었으며 한 줌의 용서도 베풀지 않았다.

흙이 튀고 총탄이 울부짖는 가운데 백운평 골짜기는 이내 널브러진 일본군 시체로 가득 찼다. 나무와 풀도 피비린내에 요동치고 하늘도 땅도 피울음을 토해냈다.

야스가와는 그만 다리에서 힘이 풀리고 말았다. 피를 많이 흘린 탓도 있었지만 분명 그것 때문만은 아니었다.

"야스가와 소좌님, 조금만 힘을 내십시오. 이제 골짜기 입구가 가깝습니다."

노부스케는 몸을 잔뜩 웅크린 채 야스가와를 부축했다. 그러나 노부스케의 몸짓을 보면 그건 부축이 아니었다. 분명 자신의 목숨을 부지하기 위해 야스가와의 몸뚱이를 방패막이로 삼고 있는 것이었다.

"저런 더러운 인간을 보았는가? 저것이 왜놈들의 본성이다."

백야 김좌진은 맨 앞에 서 있던 야스가와를 신호탄의 희생제물로 삼았었다. 그러나 불운하게도 그만 머리를 맞추지 못하고 말았다. 어깨를 맞혔던 것이다. 그렇다고 이를 놓칠 리 없는 백야 김좌진이었다. 끝까지 주시하고 있던 것이었다. 백야 김좌진은 손을 내밀었다.

"소총을 주게!"

곁에 있던 부관 박영희가 소총을 건넸다. 거리가 멀어 권총으로는 어림없는 일이기 때문이었다. 소총을 건네받은 백야 김좌진은 어깨에 개머리판을 대고는 신중하게 총을 겨눴다. 꾹 다문 입술 사이에서 굳은 의지가 배어나왔다. 이번에는 기필코 명중시키고야 말겠다는 각오였다.

수풀 사이로 야스가와를 부축한 노부스케의 모습이 들락거렸다. 빗발치는 총탄 속에서도 용케도 버티고 있었다. 순간, 백야 김좌진이 겨눈 총에서 불꽃이 튀었다. 그와 동시에 매캐한 화약냄새도 피어올랐다. 그리고 나무 사이로 비칠거리며 걷던 야스가와가 쓰러졌다. 놀란 것은 노부스케였다. 얼굴에 피가 튀고 피비린내가 진동하는 순간, 묵직한 느낌이 팔에 전해져왔다. 그리고 곧이어 야스가와가 자신의 팔에서 떨어져나가며 일시에 허전함이 몰려들었다. 노부스케는 주변을 둘러볼 겨를도 없었다. 야스가와를 챙길 여유는 더욱 없었다. 재빨리 엄폐물을 찾았다. 그러고는 눈앞의 아름드리 전나무 뒤로 몸을 숨겼다. 오금이 저려왔다. 더 이상 뛰지도 못할 것 같았다. 어디서 날아들지 모를 총탄에 노부스케는 몸을 떨며 총을 들었다. 그러나 총을 겨눠 맞대응을 하고자 한 것은 아니었다. 그저 본능이 시키는 대로 하는 것일 뿐이었다. 그리고 그제야 비로소 백운평 절벽과 산기슭을 올려다보았다. 그리고 깨달았다. 자신들이 얼마나 무모하고 어리석었는지를 말이다.

"어떤 놈이란 말인가? 어떤 놈이 이리도 영악하단 말인가?"

노부스케는 혼잣말로 뇌까려댔다. 그러나 그것은 자신들의 어리석음을 합리화하기 위한 탄식일 뿐이었다.

빗발치는 총탄은 마치 유성우가 쏟아져 내리는 듯했다. 빈틈이 없었다. 달아나고자 했으나 도저히 엄두가 나지를 않았다. 발을 내딛는 순간 불귀의 객이 되고 말 것이 뻔했다. 이미 일본군은 거의 전멸해 있었다. 곳곳에 널브러진 시체가 백운평 골짜기를 뒤덮고 있었다.

그래도 바위며 나뭇등걸이며를 의지해 반격하고 있는 일본군도 더러 눈에 띄었다. 그러나 그도 오래갈 것 같지는 않았다.

노부스케는 나무 뒤에 숨어 오들오들 떨었다. 이제 모든 것이 끝장이라고 생각했다. 그리고 그제야 죽음을 떠올렸다. 죽음이 이리도 두려운 것인지를 미처 몰랐었다. 발끝에서 튀어 오르는 흙먼지에 죽음이 발끝까지 다다랐음도 그제야 깨달았다. 노부스케는 몸을 잔뜩 웅크렸다. 시간이 어떻게 흐르고 있는지도 알지 못했다. 두려움과 공포만이 시공을 가득 메우고 있었다.

얼마나 지났을까? 총소리도 이제 잦아들고 있었다. 간혹 들리는 총소리가 막바지에 다다랐음을 알리고 있었던 것이다. 둘러보니 백운평 골짜기는 처참하기 그지없었다. 피가 냇물을 이루고 있었다. 모두 일본군의 것이었다. 쏟아진 총탄에서 나는 매캐한 화약냄새는 지옥을 방불케 했다. 노부스케는 머릿속이 하얗게 비워졌다. 어떻게 해야 할지 판단이 서질 않았다. 그 순간 무언가 자신의 머리를 건드렸다. 차가운 쇠와 진한 화약냄새가 동시에 느껴졌다. 돌아보니 독립군이었다. 소스라치게 놀란 노부스케는 그 자리에 납작 엎드렸다. 그러고는 두 손을 하늘로 들어 비벼댔다.

"살려주십시오. 목숨만 살려주십시오."

손이 발이 되도록 빌었다. 바짓가랑이까지 축축하게 젖어들고 있었다.

"어떻게 할까요, 사령관님?"

부관 박영희가 물었다.

무슨 말인지 알아듣지 못하는 노부스케는 백야 김좌진과 부관 박영희를 번갈아 올려다보았다. 노부스케는 무작정 백야 김좌진의 바짓가랑이를 붙잡고 늘어졌다.

"장군, 살려주십시오. 목숨만은 살려주십시오."

애원하고 있는 노부스케를 백야 김좌진은 경멸하는 눈빛으로 내려다보았다. 눈빛에 증오를 넘어서 연민의 빛마저 담겨 있었다. 백야 김좌진은 허리춤의 총을 꺼내들었다.

"이리도 비열한 놈이 조국의 원수였다니."

백야 김좌진은 노부스케의 머리를 향해 총을 겨눴다. 노부스케는 울부짖었다. 하나뿐인 목숨만은 살려달라고 애걸복걸했던 것이다.

"네놈들이 그리도 자랑스러워하는 천황폐하의 신민임을 잊었더냐?"

곁에 있던 부관 박영희가 보다 못해 나무란 것이다.

"사령관님, 야마다 본대가 올 시간입니다. 서두르시지요."

철기장군 이범석이 나선 것이다. 백야 김좌진은 방아쇠에 힘을 주었다. 순간, 피가 튀며 노부스케의 머리가 박살났다. 매캐한 화약냄새, 그리고 피비린내가 진동하는 가운데 백운평 골짜기는 다시 적요에 휩싸였다.

"곧 본대가 올 것이다. 작전은 똑같다. 이미 고지를 점령했으니 어떻게든 버텨야 한다. 지금의 승리는 잠시일 뿐이다. 본대를 꺾어야 진짜 승리다. 수류탄도 아끼지 마라. 전위부대와 싸운 것과는 다른 전투가 될 것이다."

노부스케의 피로 범벅이 된 백야 김좌진의 얼굴은 마치 저승에서 방금 올라온 야차와만 같았다. 그러나 그 의지와 용맹만은 제석천(帝釋天)의 그것에 못지않은 것이었다.

일본군 야마다 연대 전위부대원 이백여 명을 전멸시킨 북로군정서군은 다시 야마다 연대 본대를 기다렸다.

백운평 골짜기는 긴장감으로 팽팽했다. 나는 새조차도 보이지 않았다. 가늘게 피어오르는 연기와 아직도 진동하는 화약냄새, 그리고 피비린내만이 고요함을 흔들어 깨우고 있을 따름이었다.

"본대는 쉽지 않겠지요?"

절벽 위 연성대 장교 이민화가 물었다.

"놈들도 눈이 있으니 그렇겠지."

참모장 이장녕의 대답이었다.

"골짜기로 들어설까요?"

조심스런 물음이었다.

"글쎄."

참모장 이장녕은 고개를 갸웃했다. 그러자 연성대장 이범석이 굳게 다물었던 입을 열었다. 날카로운 눈매에서 빛이 반짝 발했다.

"어떻게든 골짜기로 끌어들여야 합니다. 놈들도 저 상황을 보고 무작정 들어오지는 않을 겁니다."

"그럼 어떻게?"

잠시 침묵이 흘렀다.

"유인을 하지요."

철기장군 이범석의 굳은 의지에 참모장 이장녕이 고개를 끄덕였다.

"골짜기로 내려가자는 말인가?"

이민화의 물음에 이장녕이 대신 고개를 끄덕였다.

"다른 방법은 없습니다. 그렇게 하지 않으면 놈들은 골짜기로 들어서지 않을 겁니다. 저 상황을 보고 어떻게 감히 들어서겠습니까?"

"내가 내려가겠네."

이장녕이 먼저 나섰다. 그러자 이민화도 지지 않았다.

"저도 내려가겠습니다."

그러자 이범석이 손사래를 쳤다.

"유인책은 제가 냈으니 제가 내려가겠습니다. 엄호를 맡아주십시오. 삼십 명만 데리고 골짜기로 내려가 놈들을 유인하겠습니다."

"나도 내려가겠네. 혼자는 위험하네."

이민화는 함께 가겠다며 다시 한 번 나섰다.

"엄호는 참모장님과 참모부장님, 그리고 연성대 장교 김춘식도 있네."

이민화의 얼굴이 붉게 상기되어 있었다. 어떻게든 함께 가겠다는 의지가 확고했다. 연성대장 이범석은 입가에 미소를 머금었다. 그러자 참모장 이장녕도 거들었다.

"그러네. 혼자 내려가는 것보다는 나을 거네. 함께 가게나! 엄호는 내가 맡겠네."

연성대장 이범석은 그제야 고개를 끄덕였다. 그러고는 다시 입을 열었다.

"그럼 이민화 동지는 함께 내려가시고 나머지는 엄호를 부탁드립니다."

"알겠네."

참모장 이장녕과 연성대 장교 이민화는 동시에 한목소리로 대답했다.

"동지께서는 먼저 건너편에 가서 사령관님께 저희 작전을 전하시고 골짜기로 내려오십시오. 저는 동지들을 선발해 내려가겠습니다."

"알겠네."

대답을 마치고 발길을 돌리려던 연성대 장교 이민화를 향해 연성대장 이범석이 다시 당부했다.

"놈들이 골짜기 깊숙이 들어서기 전까지는 어떤 일이 있어도 사격을 하지 말라 하십시오. 저희가 유인에 성공한 뒤라야 합니다."

"무슨 말인지 알겠네."

연성대장 이범석의 말에 이민화는 즉시 대답을 하고는 건너편 산기슭을 향해 달려갔다. 헤진 옷자락이 바람에 휘날려댔다. 낡은 군화에서는 먼지가 뽀얗게 피어올랐다. 그런 모습을 바라보는 연성대장 이범석의 입가에 안쓰러워하는 미소가 머금어졌다.

연성대장 이범석은 정예군을 선발해 이끌고 골짜기 아래로 내려갔다. 모두 삼십여 명이었다. 하늘은 맑았고 바람도 상쾌하기만 했다. 그러나 골짜기 아래에 펼쳐진 광경은 말 그대로 살풍경한 모습이었다. 피비린내와 화약냄새, 그리고 쓰러진 시신으로 무간지옥을 방불케 하고 있었던 것이다.

골짜기 아래로 내려선 이범석은 병력을 배치했다.

"우리의 임무는 놈들을 유인하는 데 있다. 그러기 위해서는 우리 북로군정서군이 이 골짜기 끝자락을 막고 있는 것처럼 위장을 해야 한다."

비장한 각오로 연성대장 이범석은 대원들을 천천히 둘러보았다. 하나같이 꾀죄죄한 모습이 안쓰럽기만 했다. 벌써 며칠째 씻지 못한 것은 물론 제대로 먹지도 못했다.

"우리는 겨우 서른셋뿐이다. 그러나 놈들이 골짜기 깊숙이 들어올 때까지는 버텨야 한다. 알겠나?"

비장한 물음에 비장한 대답이 쏟아져 나왔다.

"죽기를 각오하고 내려왔습니다. 무엇이 두렵겠습니까?"

"이곳에 뼈를 묻겠습니다."

박춘성 대원은 주먹까지 부르쥐며 나섰다. 그러자 나머지 대원들도 한목소리로 대답했다.

"조국을 위한 일인데 무엇을 두려워하겠습니까? 나를 잊은 지 이미 오래되었습니다."

대원들의 각오가 남달랐다. 하나같이 눈빛을 발하고 있었다. 마치 차가운 가을 물에 비친 별빛만 같았다.

"좋다. 그러면 둘씩 짝을 지어 매복한다. 이쪽 끝부터 저쪽 끝까지 분산해 있는다. 무슨 말인지 알겠나?"

"여부가 있겠습니까? 둘이지만 이백의 몫을 해내겠습니다."

사기가 충천한 북로군정서군은 연성대장인 철기장군 이범석의 지시에 따라 골짜기에 길게 띄엄띄엄 매복했다. 마치 북로군정서군이 골짜기를 가득 메운 것처럼 위장했던 것이다. 그러고는 나뭇등걸과 바위에 몸을 의지한 채 야마다 연대 본대를 기다렸다.

***

야마다 연대의 이시하라는 말 위에서 멀리 백운평 골짜기를 바라보

앉다. 무언가 불길한 조짐이 엿보였다. 가늘게 피어오르는 연기하며 너무도 고요한 골짜기가 의심스러웠다.

"야스가와는 어찌 되었는가?"

조심스레 묻자 곁에 있던 부관 마쓰다가 재빨리 대답했다.

"아직 소식이 없습니다. 저 골짜기가 백운평이라는 곳인데 아마도 저곳에서 독립군 놈들을 때려잡은 모양입니다."

마쓰다의 대답에 이시하라는 고개를 갸웃했다. 숱한 전장을 누벼온 그만의 본능이 꿈틀거렸기 때문이다.

"선발대를 보내라. 앞길을 살펴라!"

"예, 대좌님."

부관 마쓰다는 선발대를 보냈다. 좀 지나자 숨이 턱에까지 찬 선발대가 말을 달려왔다.

"야스가와 소좌님의 전위부대가 전멸당했습니다."

마쓰다는 소스라치게 놀랐고 이시하라는 입술을 질끈 깨물었다. 본능은 역시 틀리지 않았다.

"대열을 정비하라!"

이시하라는 서둘러 전투태세를 갖추게 했다. 그러고는 신중하게 나아갔다. 한가로이 흘러가던 흰 구름도 달리 보였다. 바람도 제법 차갑게 느껴졌다.

백운평 골짜기에 다가서면서 이시하라는 가슴이 뛰었다. 예감이 좋지 않았다. 야스가와가 누구던가? 전 일본 육군 장교 중에서도 가장 빠르게 진급한 인재 중의 인재가 아니던가? 더구나 그는 전술에서도 탁월한 능력을 발휘했다. 때문에 수많은 전투에서 공을 세웠고 천황폐하의 신임도 두터웠다. 그런 그가 대원들과 함께 몰살을 당하다니, 믿기지도 않았거니와 한편으로는 그런 그를 꺾은 독립군에 모골이 송연해지기까지 했다.

조심스럽게 백운평 골짜기에 다다른 이시하라는 깊은 탄식을 토해내고 말았다. 골짜기 안을 들여다본 일본군은 하나같이 망연자실하고 말았다. 아직도 피어오르고 있는 연기하며 짙은 화약냄새가 얼마 전에 있었던 치열한 전투를 그대로 말해주고 있었다.

"대좌님, 당장 놈들을 요절내버리시지요."

곁에서 부관 마쓰다가 울분을 토해냈다.

"함부로 날뛰지 마라. 야스가와를 저렇게 만든 놈들이다. 자칫 잘못했다가는 우리도 저렇게 당할 수 있어."

냉정한 이시하라의 핀잔에 마쓰다는 흠칫했다.

이시하라는 주변을 둘러보았다. 가파른 절벽과 험한 산기슭이 먼저 눈에 들어왔다. 눈살을 찌푸렸다. 그의 시선을 따라 마쓰다의 눈길도 움직였다.

"저 절벽 위에 놈들이 매복하고 있을 것 같습니다."

마쓰다의 말에 이시하라는 잔인한 미소를 머금었다.

"그를 일러 허허실실이라고 하는 것이다. 놈들은 저 골짜기 끝에 있을 것이다."

이시하라의 의외의 말에 마쓰다는 고개를 갸웃했다.

"대좌님, 높은 곳을 선점하는 것은 전술에서 기본입니다."

마쓰다의 참견에 이시하라는 기분이 상한 얼굴로 마쓰다를 돌아보았다.

"그래서? 내가 지금 기본 전술도 모르고 있단 말이냐?"

이시하라의 뜬금없는 고집에 마쓰다는 문득 불길함이 엄습해 옴을 느꼈다. 뒷목이 쭈뼛하니 일어섰다.

"그런 것이 아니라 만에 하나 절벽 위에서 공격을 해온다면 속수무책으로 당하고 말 것입니다."

"그렇습니다. 무작정 골짜기 안으로 들어갈 것이 아니라 절벽을 먼저 살피고 나서 그 다음 작전을 펴야 할 것 같습니다."

사카모토 소좌도 거들고 나섰다. 부관과 참모장이 함께 만류했으나 이시하라의 자존심, 아니 고집은 꺾일 줄 몰랐다. 감히 대일본제국 이시하라 대좌의 말을 믿지 못하겠다니? 그런 태도였다.

"골짜기로 들어간다. 놈들은 골짜기 끝에 있으니 각별히 조심하라!"

이시하라 대좌는 말을 탄 채 앞장섰다. 대일본제국 천황폐하의 군대다운 위엄을 앞세운 것이다. 골짜기 안으로 들어선 이시하라는 다시금 대열을 정비했다. 전투태세를 갖춘 것이다.

"사카모토는 기병을 이끌고 앞서라. 보병은 기병의 좌우에서 훑는다."

이시하라는 골짜기 안을 길게 둘러싸듯 대열을 배치했다. 그러고는 앞으로 나아갔다. 바람도 자고 구름도 잠시 쉬었다. 팽팽한 긴장만이 백운평 골짜기를 메웠다.

* * *

"대장, 더 기다릴까요?"

곁에 있던 성만식이 물었다. 목소리는 가늘게 떨리고 있었다.

"긴장을 풀어라. 조국의 원수를 죽이는 일이다. 즐겨라!"

말을 마친 연성대장 이범석은 총을 들었다. 그러고는 앞장선 사카모토를 향해 총구를 겨눴다. 입술도 질끈 깨물었다. 부릅뜬 눈에는 복수의 일념이 가득 차 있었다. 마치 화톳불처럼 활활 불타오르고 있었던 것이다.

"잘 가라! 조국의 원수."

총구에서 불이 뿜어지며 백운평 골짜기가 또 다시 피울음을 토해냈다. 그와 함께 말 위에 버티고 앉아있던 사카모토가 힘없이 고개를 꺾었다. 이어 말 아래로 굴러 떨어져 내렸다. 이를 신호로 골짜기 안

곳곳에서 총탄이 날아들기 시작했다. 그제야 일본군은 이시하라의 말이 옳았음을 깨닫고는 골짜기 끝을 향해 총탄을 날려대기 시작했다.

"적은 많은 수가 아니다. 앞으로 돌진하라!"

이시하라의 명령에 기병은 수풀을 헤치고 달렸다. 보병도 신속히 나아갔다.

"놈들이 걸려들었다. 조금 더 기다려라!"

철기장군 이범석은 연신 방아쇠를 당겼다. 일본군이 좀 더 가까이 다가오기를 기다렸던 것이다. 골짜기 안으로 먼지가 피어오르고 쓰러지는 말 울음소리와 사람 비명소리로 아비규환의 장이 펼쳐졌다. 순식간에 일본군은 골짜기 안을 가득 메웠다.

"놈들이 눈앞에 있다. 조준사격을 해라!"

골짜기 끝자락에 매복해 있던 북로군정서군은 일본군이 눈앞에 다다르자 조준사격을 개시했다. 달리던 일본군들이 고꾸라지고 쓰러졌다. 그러나 물밀듯이 밀려드는 일본군은 파죽지세로 골짜기 끝을 메워댔다. 때가 되었음을 안 철기장군 이범석은 후퇴를 명령했다.

"사격을 중지하고 물러나라!"

연성대장인 철기장군 이범석의 후퇴 명령에 매복해 있던 북로군정서군은 재빨리 골짜기 끝에서 물러났다. 이들이 골짜기를 타고 절벽 위로 오르자 일본군은 추격에 더욱 박차를 가했다. 대지를 울리는 말발굽 소리가 골짜기를 가득 메우고 뒤쫓는 일본군의 총성이 하늘을 찢었다. 이시하라의 기병 2개 중대와 보병 2개 중대가 모두 골짜기로 들어선 것이다. 그리고 마침내 절벽 위와 산기슭에서도 총성이 울려 퍼지기 시작했다. 백야 김좌진과 참모장 이장녕의 총구에서도 불이 뿜어지기 시작한 것이다. 그제야 이시하라는 자신의 판단이 잘못되었음을 깨달았다. 그러고는 뒤늦게 명령을 내렸다.

"물러나라! 골짜기를 벗어나라!"

그러나 때는 이미 늦었다. 머리 위로 쏟아지는 한낮의 유성우는 이시하라의 무능과 고집에 불벼락이 되었다. 이시하라는 사카모토의 희생과 마쓰다의 원망을 뒤로한 채 말머리를 돌렸다.

"골짜기 입구를 막아라! 놈들이 골짜기를 벗어나지 못하게 막아라!"

백야 김좌진은 물러나는 이시하라의 군대를 가둬두라 명령했다. 모든 총구를 골짜기 입구 쪽으로 집중시켰던 것이다. 일본군은 속수무책으로 당하고 있었다. 보병은 물론 기병까지도 대책이 없었다.

이를 악문 마쓰다는 자신의 말을 가볍게 여긴 이시하라가 원망스러웠다. 게다가 참모장 사카모토까지 희생되었다. 마쓰다는 이시하라를 향해 말을 달렸다.

"대좌님, 양쪽 절벽과 산기슭을 점령해야 합니다. 기병은 저쪽 산기슭으로 올려 보내고 보병은 절벽 쪽으로 올려 보내는 것이……."

마쓰다가 말을 마치기도 전에 이시하라의 비굴함이 먼저 튀어나왔다.

"지금 어떻게 올라간단 말이냐? 일단 여기를 벗어난 후에 생각해보자."

마쓰다는 화가 치밀어 올랐다. 부하들을 죽음의 구렁텅이로 몰아넣고는 이 얼마나 무책임한 말인가? 마쓰다는 독립군에 대한 분노보다도 우유부단하고 무능한 이시하라에 대한 분노가 더 컸다. 그리고 그 분노는 곧 엉뚱한 결단으로 이어지고 말았다. 소총을 말 등에 꽂고는 허리춤의 권총을 꺼내들었던 것이다. 그러고는 달아나는 이시하라의 등을 향해 총구를 겨눴다. 이어 총구에서 불이 뿜어지고 이시하라가 말 위에서 굴러 떨어져 내렸다.

"대일본제국의 야마다 연대는 이제 이 마쓰다가 지휘한다. 기병은 들어라. 기병은 저쪽 산기슭을 향해 돌진하라! 포병은 기병을 엄호하라!"

마쓰다의 명령에 우왕좌왕하던 기병들이 하나둘씩 결집하기 시작했다. 이어 보병들도 골짜기 안에서 질서를 유지하며 모여들기 시작했다. 포병은 산기슭의 북로군정서군을 향해 연신 불을 뿜어댔다.

"보병들은 이쪽 절벽으로 오른다. 기관총을 앞세워라!"

마쓰다의 지휘에 다시 질서를 찾은 일본군은 서서히 산기슭과 절벽을 향해 진격해 나갔다. 일본군이 중화기를 앞세우자 북로군정서군도 차츰 버거움을 느끼기 시작했다.

"좀 더 기다려라! 놈들이 올라오면 일제히 수류탄을 던진다."

백야 김좌진은 총구에 불을 뿜으며, 산기슭 측면으로 올라서는 기병들을 하나씩 제압해 나갔다. 긴 말울음 소리가 백운평 골짜기를 수놓고 펑펑 터지는 야포 소리에 지축이 흔들렸다.

"수류탄을 던져라!"

절벽에 올라선 연성대장 이범석은 마침내 수류탄을 던지라 명령했다. 절벽 아래에서 새까맣게 올라오고 있는 일본군이 좋은 표적이 되었기 때문이다. 이어 절벽 아래로 수류탄이 호를 그리며 떨어져 내렸다. 귀를 찢는 폭음이 절벽을 무너뜨렸다. 그리고 갈가리 찢긴 일본군의 시체가 백운평 골짜기를 메우기 시작했다.

마쓰다는 측면을 돌파하려 애썼으나 결국 역부족임을 깨달았다. 고지를 선점한 북로군정서군을 도저히 당해낼 수가 없었던 것이다. 희생자만 자꾸 늘어났다. 뒤돌아보니 쓰러진 말과 일본군의 모습이 처참했다. 야스가와가 왜 전멸을 당했는지를 알 만했다. 모골이 송연해지고 말았다. 이어 물러나야 한다는 생각이 머릿속을 지배하기 시작했다. 그리고 그 생각은 곧 후퇴를 입에 올리게 하고 말았다.

"물러나라, 후퇴하라!"

산기슭과 절벽에서 후퇴 명령만을 기다리고 있던 일본군은 누가 먼저랄 것도 없이 몸을 돌리고 말았다. 마쓰다도 결국은 이시하라와 다를 바 없었던 것이다.

"달아나는 놈들을 요절내라. 한 놈도 남기지 말고 사살하라!"

백야 김좌진과 연성대장 이범석의 입에서도 결전 명령이 떨어졌다. 절벽과 산기슭에서 북로군정서군이 몸을 일으켜 세웠다. 엄폐물에서 나와 본격적인 사살작전에 돌입했던 것이다.

"조국의 원수다. 한 놈도 남기지 마라!"

절규에 가까운 목소리로 백야 김좌진은 북로군정서군을 독려했다. 어떻게든 일본군을 한 놈이라도 더 사살하라 명령했던 것이다. 그것이 조국의 독립에 한 발 더 가까이 다가설 수 있는 길이기 때문이었다.

"꽃다운 청춘들이여, 원수의 피꽃으로 보상을 받아라. 그 길만이 너희들의 잃어버린 청춘을 되찾고 조국을 살리는 길이다."

연성대장 이범석은 피끓는 목소리로 북로군정서군을 독려했다. 이에 수많은 청춘들이 일본군의 피꽃을 제물로 삼았다. 마쓰다는 북로군정서군에 치를 떨지 않을 수 없었다. 오금까지 저려왔다.

귀를 스치는 총탄에 몸을 움츠린 마쓰다는 그제야 자신이 죽음의 임계선에 서 있음을 깨달았다. 귀가 먹먹했다. 얼도 빠졌다. 후들거리는 다리를 끌고 골짜기 아래를 향해 내달렸다. 대일본제국도 천황폐하도 잊힌 지 오래였다. 오직 살고자 하는 본능만이 남아있을 뿐이었다. 후퇴하는 일본군은 하나같이 마쓰다와 다르지 않았다. 뽀얀 먼지만이 쓰라린 패배의 꼬리처럼 길게 뒤따랐다.

일본군은 삼백여 명의 전사자를 남긴 채 골짜기를 벗어나 달아났다. 이들의 뒤로 환호하는 북로군정서군의 만세소리가 백운평 골짜기를 가득 메웠다.

처음 치른 전투에서 대승을 거뒀다. 사령관 백야 김좌진과 연성대장 이범석을 비롯해 참모장 이장녕, 부장 나중소 등 북로군정서군은 승리에 도취했다. 예상치 못한 대승이었다. 백운평 골짜기 곳곳에 일본군의 시체가 가득했다.

"수고했소, 동지."

감격에 겨운 백야 김좌진은 철기장군 이범석의 두 손을 마주잡았다.

"모두 사령관님의 공이십니다."

연성대장 이범석은 승리의 공을 백야 김좌진에게로 돌렸다. 백야 김좌진은 고개를 좌우로 흔들었다.

"아니오. 이 모두 조국의 승리요. 여기 모인 우리 북로군정서군의 승리이자 조국의 승리란 말이오."

"맞소. 사령관의 말이 맞소."

참모부장인 나비장군 나중소도 감격에 겨운 목소리로 나섰다. 이어 부관 박영희도 거들었다.

"첫 승리가 예감이 좋습니다. 이 모두가 아직 조국이 살아있다는 증거입니다."

"박 동지의 말이 맞소. 조국은 살아있소. 우리가 살아있는 한 조국은 살아있을 것이오."

"만세, 북로군정서군 만세!"

누군가 또 다시 만세를 부르기 시작했다. 그러자 백운평 골짜기가 이내 떠나갈 듯 만세소리로 가득 찼다.

"북로군정서군 만세! 대한독립 만세!"

북로군정서군은 목이 터져라 대한독립을 외쳐댔다. 사령관 백야 김좌진도, 연성대장 이범석도 두 손을 들어 만세를 외쳤다. 하나같이 승리의 감격에 들떴다.

"달아나는 적들을 그냥 둬도 될까?"

참모장 이장녕이었다. 모두의 시선이 그에게로 모아졌다.

"맞습니다. 그대로 두었다가는 후환이 될 것입니다. 이참에 아예 뿌리를 뽑아놔야 합니다."

부관 박영희도 나섰다. 그러자 참모 정인철도 거들었다.

"놈들은 심각한 타격을 입었기에 뒤쫓기만 한다면 모두 잡을 수 있을 것입니다. 지금이라도 늦지 않았습니다."

사기가 올랐을 때 마무리를 짓고 말자는 것이었다. 그러나 백야 김좌진은 신중했다.

"아닙니다. 일단 대열을 정비하고 나서 다시 생각해보도록 하십시다."

　백야 김좌진의 마음도 이들과 다르지는 않았다. 할 수만 있다면 놈들의 근거지까지 쫓아가 끝장을 내고 싶었다. 그러나 적에 대한 정보도 확실치 않은 상황에서 무리한 결정은 어떤 재난으로 이어질지 모를 일이었다. 대규모의 지원부대라도 맞닿는 날이면 그야말로 진퇴양난이 되고 말 것이다. 자신의 결정에 북로군정서군 천육백여 명의 목숨이 달려 있었다. 때문에 신중하지 않을 수 없었던 것이다.

　점검을 해보니 북로군정서군은 희생자가 이십여 명밖에 없었다. 반면 일본군은 모두 오백여 명이나 사살되어 있었다. 대승리였던 것이다.

2. 천수평

북로군정서군은 백운평에서의 첫 승리로 사기가 잔뜩 올라 있었다. 하늘을 찌를 듯했다. 그러나 긴장을 늦출 수는 없었다. 언제 또 다시 일본군과 마주칠지 알 수 없기 때문이었다.

"다음 행선지를 어디로 해야 좋겠습니까?"

백야 김좌진이 물었다. 그러나 누구도 선뜻 나서 대답하지는 못했다.

"어차피 우리는 무장투쟁을 위해 일어선 군대입니다. 적을 찾아가는 것이 도리라 생각됩니다만."

잠시간의 침묵을 깨고 백야 김좌진이 다시 입을 연 것이다.

"맞소. 사령관의 의견에 동의하오."

참모부장인 나비장군 나중소였다.

백야 김좌진은 좌중을 둘러보았다. 모두들 고개를 끄덕이고 있었다.

"그렇다면 이도구 갑산촌으로 가겠습니다. 다들 아시다시피 그곳에서 가까운 어랑촌에는 놈들의 본거지가 있습니다. 그곳을 다음 목표로 삼겠습니다. 더구나 갑산촌에는 우리 동포들이 많이 거주하고 있어 도움을 받을 수도 있을 것입니다."

총사령관 백야 김좌진의 말에 이의를 제기하는 사람은 없었다. 그대로 결정이 되었다. 그리고 북로군정서군은 무려 백여 리나 떨어진 이도구 갑산촌으로 향했다.

북로군정서군은 쉬지도 못한 채 허기진 배를 움켜쥐고는 행군을 계속했다. 발길은 무거웠고 긴장이 풀린 탓인지 졸음도 쏟아졌다. 그러나 멈출 수는 없었다. 날이 밝기 전에는 갑산촌에 도착해야 했기 때문이다. 어슴푸레한 앞사람의 그림자를 따라 그저 발길을 옮겨 놓을 따름이었다. 그리고 마침내 갑산촌에 도착했다. 산등성이로 태백성이 맑게 비치는 새벽녘이었다.

동포들은 음식을 장만하고 마실 것을 준비해 내왔다. 백운평 골짜기의 승리 소식을 들었을 때는 하나같이 기뻐하기도 했다.

"통쾌한 일입니다. 나라 잃은 슬픔이 조금이나마 씻기는 듯합니다."

갑산촌 훈장은 박수까지 쳐댔다. 오랜만의 웃음이라며 껄껄 소리

내어 웃기까지 했다.

"아이들에게 이제나마 우리 조선의 독립을 떳떳이 말해 줄 수 있게 되어 기쁩니다. 중국인들에게 멸시를 당하고 왜놈들에게 억눌려 살면서 얼마나 부끄러웠는지 모른답니다. 진실로 감사를 드립니다."

갑산촌 훈장은 진심으로 고마운 마음을 전했다.

"어려운 여건 속에서도 조국의 앞날을 위해 아이들을 가르치시느라 노고가 많으십니다. 어찌되었든 배워야 합니다. 배워야 이길 수 있습니다."

백야 김좌진은 배워야 이길 수 있다며 힘주어 말했다.

"그렇습니다. 나라를 되찾는 일은 배우는 데서부터 시작해야 가능한 일입니다. 무지해서야 어찌 큰일을 도모할 수 있겠습니까? 해서 부족하고 늙은 몸이지만 그것으로서 헌신할 기회로 삼을까 했습니다."

"장하십니다. 훈장님과 같은 분이 계시기에 만리타향에서나마 희망을 가질 수 있는 것입니다. 정말 훌륭하십니다."

그때였다.

"사령관님, 인근 천수평(泉水坪)에 일본군 기마부대가 주둔하고 있다 합니다. 한 백여 명 될 듯했다 합니다."

일본군이라는 말에 백야 김좌진은 자리에서 벌떡 일어섰다.

"서두릅시다! 날이 밝기 전에 해치웁시다."

"사령관, 지금은 무리이네. 좀 쉬었다 날이 밝은 뒤에 해도 늦지 않을 것이네. 너무들 지쳐 있어."

참모장 이장녕이었다.

"맞습니다. 지금은 너무 지쳐 있습니다. 백운평 전투 후 쉬지도 못하고 백여 리를 달려왔습니다."

연성대 종군장교 이민화도 참모장 이장녕의 의견에 동조했다.

"아닙니다. 놈들이 어둠에 취해 있을 때 기습공격하는 것이 좋습니다. 쉬는 것은 그 다음에 해도 늦지 않습니다."

부관 박영희가 백야 김좌진의 의견에 동의를 표하고 나선 것이다. 그러자 연성대장 이범석도 거들었다.

"맞습니다. 어둠은 우리 편입니다. 놈들은 깊은 잠에 빠져들어 있을 것입니다. 이때 기습을 한다면 어렵지 않게 놈들을 일망타진할 수 있을 것입니다."

"더구나 놈들은 우리가 아직도 백운평에 있는 줄 알고 있을 겁니다. 우리에게는 더없이 좋은 기회입니다."

연성대 종군장교 박종렬까지 가세했다. 기습공격을 감행해야 한다는 것이었다.

"하늘이 준 기회입니다. 망설이지 마십시오."

연성대장 이범석이 다시 나섰다. 그러자 의견은 곧 모아졌다. 날이 밝기 전에 기습공격을 감행하기로 결정한 것이다. 그리고 곧 북로군정서군은 다시 길을 나섰다. 천수평으로 향한 것이다. 길잡이로 갑산촌 촌장 김주한이 자처하고 나섰다.

* * *

아직은 깊은 새벽, 사방은 칠흑처럼 깜깜했다. 눈앞의 사람조차도 분간할 수 없을 정도로 어둡기만 한 새벽이었다. 백야 김좌진은 조용히 부관 박영희를 불렀다.
"먼저 가서 살펴보고 오게."
"알겠습니다."
"길은 제가 안내하겠습니다."
김주한이 다시 나섰다. 어둠 속으로 부관 박영희와 김주한이 사라졌다.
북로군정서군은 천수평을 앞에 두고 잠시 휴식에 들어갔다. 그러나 부관 박영희와 김주한이 곧 돌아왔다.
"놈들은 화톳불을 피워놓은 채 모두 잠이 들어 있었습니다. 초병들도 졸고 있었습니다."
"숫자는?"
참모장 이장녕이 태산같이 무거운 목소리로 물었다.
"말대로 백 명 이쪽저쪽이었습니다. 모두 기마병으로 말은 부대

뒤쪽에 묶여 있었습니다."

"잘되었네."

백야 김좌진의 얼굴에 회심의 미소가 어렸다.

"촌장님, 이곳 지형을 좀 그려주십시오."

백야 김좌진의 부탁에 김주한은 막대기로 땅바닥에 지도를 그려가며 설명했다.

"이곳이 현재 우리가 있는 곳이고 이 길을 따라 이렇게 산으로 둘러싸여 있습니다. 동쪽으로는 높은 산이 있고 남쪽에도 야트막하나 산이 가로막고 있습니다. 모두 저들이 숙영하고 있는 곳을 내려다보기에 좋은 곳이지요. 산 위에서 둘러싸고 공격한다면 놈들은 빠져나가지 못할 것입니다."

김주한의 설명을 따라 백야 김좌진의 머릿속으로 작전이 그려졌다. 그리고 이어 작전명령이 떨어졌다.

"중대장 김훈은 중대 병력을 이끌고 동쪽 산의 고지를 먼저 점령한다. 그런 다음 적의 퇴로를 철저히 차단해라. 한 놈이라도 살려 보내서는 안 된다. 알겠나?"

"예, 알겠습니다, 사령관님."

사령관 백야 김좌진의 작전지시는 계속되었다.

"이민화 중대장은 남쪽 고지를 점령한다. 놈들은 기마대다. 말을 집중 사격해 말부터 쓰러뜨려라."

"알겠습니다."

"나머지 병력은 정면대결을 합니다. 말만 잡는다면 놈들을 쉽게 잡을 수 있을 것입니다. 한 놈도 놓쳐서는 안 됩니다. 만약 한 놈이라도 놓친다면 어랑촌이 가까워 우리가 곤란에 처하게 됩니다. 이 점 각별히 유념하십시오!"

"알겠네."

참모장 이장녕과 나비장군 나중소가 앞장서 한목소리로 대답했다. 같은 의견이라는 뜻이었다.

북로군정서군의 참모와 부관들, 그리고 장교들은 또 다시 승리에 대한 의지로 불타오르고 있었다.

"먼저 김훈 중대와 이민화 중대가 출발하라. 그 뒤를 나머지 중대가 뒤따른다."

북로군정서군은 다시 출발했다. 발자국 소리까지 죽여 가며 소리 없이 전진했다. 적진에 가까웠기 때문이다.

작전대로 먼저 김훈 중대가 동쪽 산을 올랐다. 수풀을 헤쳐 가며 조심스레 올랐다. 산 아래로 일본군 기마대가 피워놓은 화톳불이 환하게 적진을 밝히고 있었다. 희끄무레하게 서 있는 말들도 보였다. 화톳불 주위로는 누워 있는 일본군과 나무에 기대어 졸고 있는 초병도 보였다.

남쪽 고지로는 이민화 중대가 올랐다. 갑산촌 촌장 김주한의 말대로 산은 높지 않았다. 산이라고 부르기에도 민망할 정도의 야트막한 언덕이었다.

 동쪽 고지와 남쪽 고지에 북로군정서군의 중대가 자리를 잡고 나자 나머지 중대도 서서히 움직이기 시작했다. 일본군 기마대를 향해 나아간 것이다.

 먼저 연성대장 이범석과 연성대 종군장교 한건원이 이끄는 소대가 앞장섰다. 뒤를 따라 김춘식이 이끄는 소대도 출발했다. 사령관 백야 김좌진과 참모부장 나중소는 뒤에서 대기했다.

 연성대장 이범석이 일본군 기마대가 머무르고 있는 숙영지에 다다라 보니 부관 박영희의 말이 틀리지 않았다. 화톳불을 곳곳에 밝혀놓은 채 깊은 잠에 빠져들어 있었던 것이다. 총을 든 초병마저 꾸벅꾸벅 졸고 있었다. 환하게 밝혀놓은 화톳불이 북로군정서군을 돕기까지 했다.

 연성대장인 철기장군 이범석은 가뭇없이 졸고 있는 일본군을 향해 총구를 겨눴다. 이어 새벽을 찢는 총소리가 천수평에 길게 울려 퍼졌다. 그와 동시에 동쪽 고지에서도, 남쪽 고지에서도 일제히 불을 뿜었다. 검은 하늘에서 유성우가 쏟아져 내리듯 그렇게 빛줄기가 쏟아져 내렸다. 한 치의 틈도 없었다. 무자비하기만 했다.

 천수평은 순식간에 아수라장이 되고 말았다. 곤히 잠들어 있던 일본군 기마대는 벌떡 일어나 총을 찾고, 말을 찾았지만 손에 잡히는 것도, 눈에 보이는 것도 없었다. 그저 픽픽 쓰러지는 동료들에 아연실색할 뿐이었다. 기마대장인 하시모토는 그대로 넋이 나가고 말았다.

"말, 말을 찾아라!"

그러나 숙영지 외곽에 묶어둔 말들은 이미 북로군정서군의 집중사격으로 절반 넘게 쓰러지고 만 뒤였다. 인정사정없는 북로군정서군의 총탄이 일본군 기마대의 말을 그냥 두지 않았던 것이다. 울부짖는 말 울음 소리와 총탄 소리로 천수평은 그야말로 아비규환, 지옥을 방불케 했다.

"후방을 막아라! 놈들이 달아나지 못하게 물샐틈없이 막아라!"

백야 김좌진은 정면 돌파하고 있는 이범석의 중대를 뒤에서 지원했다. 동쪽과 남쪽의 고지에서는 무자비한 사격으로 일본군을 요절내고 있었다. 일본군 기마대는 그야말로 우왕좌왕 갈피를 잡지 못한 채 속수무책으로 당하고만 있었다. 순식간에 기마대의 절반 넘어가 쓰러지고 말았다.

동쪽 하늘로는 어느새 푸른 새벽이 문을 열어젖히고 있었다.

"대열을 정비하고 반격하라!"

하시모토는 목이 터져라 외쳤다. 그러나 총탄이 빗발치고 있는 상황에서 그 말이 귀에 들어올 리 없었다. 아니, 쏟아지는 총탄 소리에 들리지도 않았다.

하나뿐인 목숨을 건지기 위해 일본군 기마대는 사방으로 튀었다. 뛰어 달아나기도 하고 말에 올라타기도 했다. 말에 올라 탄 일본군은 본능적으로 말 등에 몸을 맡긴 채 어둠 속을 내달렸다.

"이놈들이 대체 누구란 말인가?"

하시모토는 탄식을 터뜨렸다.

"마적들인가? 아니면……."

하시모토는 고개를 흔들었다. 그러고는 자신의 생각이 틀렸기만을 간절히 바랐다.

"놈들이 벌써 여기까지 올 리가 없어. 거리가 얼만데."

북로군정서군을 떠올렸다. 그러면서 그들이 아니기만을 간절히 바랐다.

하시모토는 땅바닥에 몸을 납작 엎드린 채 기었다. 그러고는 가까이에 있는 구덩이로 기어 들어갔다. 총탄을 피하기에 알맞았다.

하시모토는 구덩이에 고개를 처박은 채 총탄을 빗발같이 퍼붓는 사격이 끝나기만을 기다렸다. 이를 악문 채 눈을 질끈 감았다. 분노와 두려움이 교차했다.

"달아나는 놈들을 잡아라!"

연성대장 이범석은 말을 타고 달아나는 일본군을 향해 총구를 겨눴다. 그러나 어둠 속에 달리는 말은 쉽게 잡히지 않았다. 더구나 일본군 기마대는 목숨을 건 탈주였다. 북로군정서군이 우르르 달려가는 일본군 기마대에 집중 사격을 가했지만 몇 필의 말은 놓치고 말았다.

"이런 제기랄."

연성대장 이범석은 어둠 속으로 방아쇠를 연이어 당겨댔다. 그러나 더 이상 잡을 수는 없었다.

북로군정서군의 집중 사격은 한동안 더 계속되었다. 일본군의 저항은 전무했다. 말 그대로 일방적인 공격이었던 것이다.

어둠 속에 천수평은 콩 볶는 듯한 총소리와 일본군의 비명소리, 신음소리로 가득 찼다.

"놈들을 용서치 마라. 조국을 짓밟은 놈들이다."

백야 김좌진은 한 놈도 살려두지 말라며 북로군정서군을 독려했다. 연성대장 이범석도 마찬가지였다.

"자비라는 말은 놈들에게는 어울리지 않는다. 남김없이 사살하라!"

귀를 찢고 살을 떨리게 하는 총탄소리가 천수평을 집어 삼켰다. 어둠도 두려움에 새벽을 일찍 불러들이고 말았다. 푸른 하늘을 열게 했던 것이다. 그리고 얼마 후 천수평에는 북로군정서군의 총탄소리만 가득했다. 일본군의 신음소리나 비명소리도 들리지 않았다. 기마중대가 거의 전멸을 당하고 만 것이다.

푸르게 열린 새벽하늘 아래 처참한 천수평이 모습을 드러냈다.

나지막한 골짜기 아래로 무간지옥이 펼쳐져 있었다. 아직도 신음 소리를 흘리는 자들과 살아남아 두려움에 고개를 처박은 자들이 사시나무 떨 듯 떨어대고 있었다.

"그만하시오. 항복이오. 제발 그만하시오!"

사격을 중지하라는 외침이 간간이 들려왔다. 무조건 항복하겠다는 것이었다. 그뿐만이 아니었다.

"살려주시오. 제발 목숨만은 살려주시오."

간절히 목숨을 구걸하는 넋두리도 들려왔다. 얼이 빠진 하시모토였다. 목숨을 부지한 기마대장 하시모토는 구덩이 안에 고개를 처박은 채 혼잣말로 연신 중얼거려댔다. 완전히 넋이 나가 있던 것이다.

"사격 중지!"

사령관 김좌진의 명령에 일순 정적이 감돌았다. 매캐한 화약 냄새만이 천수평을 휘감아댔다.

골짜기를 둘러본 백야 김좌진은 당당히 몸을 일으켜 세웠다. 그러고는 천천히 발걸음을 옮겨놓았다. 그러자 천수평을 둘러싼 곳곳에서 북로군정서군이 몸을 일으켜 세워 골짜기로 내려왔다.

북로군정서군은 쓰러진 일본군의 시체를 하나하나 확인하며 골짜기로 몰려들었다.

일본군들이 손을 들고 일어섰다. 모두 파리한 얼굴로 목숨을 구걸했다. 손을 비벼대는 비열한 인간들도 있었다.

"놈들이 제 한 짓은 생각 못 하고 비굴하게 목숨을 빌고 있구나!"
백야 김좌진의 얼굴에 조롱 섞인 비웃음이 가득했다.
"저놈을 끌어올리게!"
구덩이에 아직도 고개를 처박은 채 바들바들 떨고 있던 하시모토를 가리킨 것이다. 부관 박영희가 즉시 달려들었다. 그러고는 뒷목을 잡아채 일으켰다. 하시모토는 사시나무 떨 듯 떨어댔다. 나머지 일본군들은 무릎을 꿇은 채 고개를 처박고 있었다.
"이놈이 기마대의 중대장인 모양입니다."
부관 박영희의 말에 사령관 김좌진은 껄껄웃음을 터뜨렸다. 무간지옥 천수평에 어울리지 않는 유쾌한 웃음소리였다.
"지휘관이란 놈이 겨우 이 정도란 말이냐? 이것이 대일본제국의 실체였더란 말이냐?"
말을 마친 백야 김좌진은 하시모토의 멱살을 움켜쥐었다. 하시모토는 사색이 되었다. 용서를 바라는 눈물이 주르륵 흘러내렸다. 비굴한 눈물이었다.
"살려주십시오. 본국에 이제 막 돌이 지난 아이와 늙은 어머님이 계십니다."
하시모토는 눈물로 목숨을 구걸했다. 그러나 백야 김좌진의 얼굴은 차갑기만 했다.
"너희들이 한 짓은 잊었느냐? 너희 일본인들이 한 짓을 벌써 잊었느냐 말이다.”

　백야 김좌진은 멱살 잡은 손에 더욱 힘을 주었다. 하시모토는 숨도 제대로 쉬지 못한 채 컥컥거렸다.

　“제발 목숨만은 살려주십시오. 장군.”

　하시모토의 애걸에 백야 김좌진은 잡았던 멱살을 놓았다.

　“상종 못 할 놈들이다. 모두 구덩이에 넣고 폭사시켜라!”

　무거운 명령이 내려졌다. 하시모토는 백야 김좌진의 바짓가랑이를 잡고 늘어졌다. 그러나 그에게 주어진 것은 무자비한 발길질이었다.

　“더러운 손을 어디다 대느냐?”

　거센 발길질에 하시모토는 그대로 나가 떨어졌다.

　“너는 군인도 아니다. 네가 진정한 군인이라면 네 조국을 위해 깨끗하게 목숨을 바쳐라!”

　지켜보는 북로군정서군은 통쾌했다. 이렇게나마 조국의 원수를 갚을 수 있음에 다행이라 생각했던 것이다.

　부관 박영희와 연성장교 이민화는 곧 사령관 백야 김좌진의 명령을 실행했다. 울부짖는 일본군을 밧줄로 묶은 후 구덩이에 집어넣었던 것이다. 그러고는 수류탄을 던져 한꺼번에 모두 몰살시켰다. 천수평에 다시 한 번 피울음이 울었다. 하늘을 울리는 처절한 폭음이었다.

"나의 이 폭력이 조국의 독립을 위한 것이라면 내 기꺼이 욕을 먹으리라. 역사가 나를 살인자라 손가락질할지라도 나는 그것을 즐거이 받아들일 것이다."

백야 김좌진은 눈물을 흘렸다. 조국을 위한 뜨거운 눈물이었다. 연성대장 이범석도 부관 박영희도 참모장 이장녕도 모두 눈시울이 시큰했다.

흐릿한 시야 너머로 백야 김좌진은 만주로 오던 때를 떠올렸다.

***

달도 뜨지 않은 그믐밤이었다. 남일여관 여주인 어재하는 이제 떠나야 된다는 박상진의 말에 가슴이 아슴아슴 아파왔다. 눈물이 비치는 것을 억지로 참았다.

"동지가 만주에 가서 우리 광복회의 교두보를 마련해 주게. 이제 이곳은 가망이 없네."

일우 김한종의 탄식 어린 말에 백야 김좌진은 침울했다. 그동안 자금을 모으기 위해 동분서주했던 일들이 주마등처럼 지나갔다.

"함께 한 일들이 영광이었습니다. 잊지 않겠습니다, 형님."

백야 김좌진은 김한종을 바라보며 아쉬운 인사를 건넸다.

"뿐이겠는가? 나도 마찬가질세. 가서 아무쪼록 조국의 독립을 위해 애쓰시게나."

　백야 김좌진은 광복회 충청지부장인 김한종과 함께 군자금을 마련하기 위해 전국을 뛰어다녔다. 일제의 우편마차를 탈취하기도 했고 일본인 광산을 습격하기도 했다.

　그중 우편마차 탈취 사건은 예산의 호서은행에서 세금을 싣고 나가던 마차를 습격한 사건으로 거금 이천 원을 획득하는 성과를 거두기도 했다. 호서은행에서 세금을 싣고 금오산 아리랑 고개를 넘어가던 마차를 습격했던 것이다.

　마차는 돌길을 힘겹게 올라오고 있었다. 주위로는 말을 탄 순사들이 삼엄하게 경계를 펴며 호위하고 있었다.

　백야 김좌진과 일우 김한종은 숨을 죽인 채 마차를 지켜보았다. 건너편에는 일연 신현상과 성춘흥이 수류탄을 품에 안은 채 숨어 있었다.

　마차는 점점 다가왔다. 그러고는 고갯마루에서 멈춰 섰다.

　"치워라!"

　날카로운 명령이 떨어졌다. 이어 말에서 내린 순사들이 재빨리 마차 앞으로 달려갔다. 쓰러진 떡갈나무가 길을 가로막고 있기 때문이었다.

　"도대체 어떤 놈들이 이런 짓을 한 게야!"

　투덜거리는 말투에 짜증이 잔뜩 섞여 있었다. 이어 굵직한 떡갈나무가 땅에 끌리며 마른 잎 부딪는 소리를 냈다. 순사들은 쓰러진 나무를 힘겹게 길옆으로 치웠다. 그리고 그 순간, 산을 무너뜨리는 폭발음이 고갯마루를 울렸다. 피가 튀고 순사 네 명이 그 자리에서 폭사하고 말았다. 당황한 하세가와가 말 위에서 우왕좌왕하는 사이 또다시 총성이 울려 퍼졌다. 백야 김좌진의 총구에서 불이 뿜어졌던 것이다.

"서두르시게, 동지."

일우 김한종은 구르듯 길 위로 내려섰다. 신현상과 성춘흥도 달려 내려갔다. 그러고는 말을 몰던 일본인을 밧줄로 묶었다. 이어 잽싸게 마차 안으로 뛰어든 신현상과 성춘흥이 가방을 찢고는 돈을 옮겨 담았다. 불과 5분 남짓한 시간에 벌어진 일이었다.

"갑시다!"

"위험하니 길을 나누어 가도록 하시지요."

"그게 좋겠소. 동지, 그러면 내일 보도록 합시다."

백야 김좌진은 신현상과 함께 신례원 방면으로 길을 잡았다. 일우 김한종은 성춘흥과 함께 역전 쪽으로 향했다.

이때 탈취한 자금의 일부는 상해 임시정부로 들어갔고 나머지는 만주 독립군의 군자금으로 요긴하게 쓰였다. 무기를 사고 조직을 결성하는 데 사용되었던 것이다.

그뿐만이 아니었다.

독립자금 모집에 비협조적이던 인사를 처단한 일도 있었다. 도고 면장 박용하를 처단한 일이었다.

광복회는 독립군 자금 모집이 수월치 않자 서신을 발송했다. 각 지역의 부호들, 특히 일제의 비호 아래 있던 자들에게는 경고의 문구도 함께 보냈다. 협조하지 않을 시에는 어떤 변고가 닥칠지 모르니 알아서 하라는 내용이었다. 그럼에도 이들은 눈 하나 깜짝하지 않았다. 거들떠보지도 않았던 것이다. 오히려 일제 경찰에 신고함으로써 광복회의 실체가 드러나게 하는가 하면 광복회를 위기에 빠뜨리기까지 했다. 이에 광복회 충청지부에서는 친일 매국노인 도고면장 박용하를 처단하기로 결정했다.

이른 추위에 허옇게 서리가 내린 궁평리 들도 오들오들 떨고 있었다. 광복회 충청지부장인 일우 김한종과 백야 김좌진은 지부원인 김경태, 임세규와 함께 도고면사무소로 향하고 있었다. 코끝이 시리다 못해 매웠다.

"칠곡의 장승원이가 우리 일에 협조하지 않아 처단된 것을 놈도 알고 있겠지요?"

김경태가 허연 입김을 쏟아내며 말을 꺼냈다.

"아무렴요. 명색이 면장인데 그런 일을 모르고 있을 리 있겠습니까?"

임세규가 먼저 대답했다. 이어 일우 김한종도 입을 열었다.

"참으로 통쾌한 일일세. 비록 우리 목적은 달성하지 못했지만 그래도 친일 매국노들의 등골을 서늘하게 해주었으니 그것만으로도 우리 광복회의 일은 절반의 성공이라 할 수 있을 것이네."

"맞습니다, 형님. 그것만으로도 놈들에게 충분한 경고가 되었을 테니까요."

백야 김좌진도 거들었다. 서리 앉은 콧수염이 칼날만큼이나 날카로웠다.

"이번 일로 우리 광복회가 쫓기는 신세가 되었네만 그래도 조국의 독립을 위해서라면 이까짓 일이야 대수이겠는가?"

"그렇습니다, 형님. 이런 고통쯤이야 나라 잃은 설움에 비하면 아무것도 아니지요."

백야 김좌진은 깊은 탄식을 쏟아냈다. 일우 김한종도 허연 입김을 내뿜으며 짙은 한숨을 몰아쉬었다.

일행은 도고 들판을 건너 면소재지에 다다랐다. 드넓은 선장 들판 끝으로 지평선이 아스라이 가라앉아 있었다.

"저 들판만 쳐다봐도 이제 부아가 치밉니다."

김경태가 쏟아놓은 투덜거림이었다.

"그렇겠지."

임세규가 맞받았다.

"죽어라 농사지으면 뭐합니까? 죄다 놈들이 빼앗아가니."

말끝에 울분이 묻어났다. 김경태가 광복회를 선택한 이유이기도 했다. 저 넓은 들판에서 생산되는 쌀이 모두 일본으로 건너가고 있었다.

"그뿐인 줄 아십니까? 저 철길을 좀 보십시오."

일우 김한종을 비롯한 일행은 김경태가 가리키는 철길로 눈을 돌렸다. 은빛 평행선이 드넓은 들판을 구불구불 가로지르며 기어가고 있었다.

"도로든 철길이든 논밭은 피해가며 놓는 것이 상식이지 않습니까? 그런데 이놈들은 저 넓은 들판을 괜스레 이리저리 휘돌아가며 지나가게 놓았습니다. 나중에 이 넓은 들판을 못 쓰게 만들기 위해서지요."

말을 듣고 보니 그랬다. 철길은 쓸데없이 구불거리며 들판을 가로질러 가고 있었다. 잔인한 놈들이었다. 들판의 효용가치마저 떨어뜨려 놓았던 것이다. 말로는 조선의 발전을 위해서라고 했지만 속내는 전혀 다른 데 있었던 것이다. 더구나 철길의 실질적인 용도는 수탈을 위한 것이었다.

"죽일 놈들."

일우 김한종은 주먹을 불끈 쥐었다.

"아무튼 박용하 이놈은 제 손으로 처단을 하겠습니다."

김경태가 다시 한 번 울분을 토해냈다.

"그렇게 하시게. 김 동지의 울분이 곧 우리의 울분이기도 하네."

일우 김한종은 고개를 끄덕여 김경태의 울분을 달래주었다.

도고면소재지에 다다른 광복회 회원들은 이리저리 살피며 시간을 보냈다. 어두워지기를 기다렸던 것이다.

"저기가 면사무소입니다."

김경태가 가리키는 곳으로 건물이 한 채 자리 잡고 앉아 있었다. 주변의 정겨운 초가지붕이나 기와지붕과는 다른 낯설고도 어색한 모습이었다. 일본식 건물이었던 것이다.

"뒤쪽의 솔숲 아래 건물이 관사입니다. 저곳에 박용하가 있을 겁니다."

일우 김한종은 고개를 끄덕였다. 백야 김좌진도 눈빛을 빛냈다.

"그 건너편에 순사들이 있고요."

"허면 소리 없이 일을 처리해야겠군."

"맞습니다. 워낙 가까운 곳에 있어놔서."

김경태는 괜히 미안하다는 듯 말을 잇지 못했다.

"그럼 김 동지와 임 동지가 들어가 일을 처리하도록 하시오. 나와 백야 동지는 밖에서 동태를 살필 테니."

"알겠습니다, 지부장님."

"때는 언제가 좋겠소?"

일우 김한종이 물었다.

"아무래도 주변이 소란스런 초저녁이 좋지 않을까 합니다. 깊은 밤은 너무 조용해서 오히려 일을 처리하기에 부담이 될 수도 있습니다."

백야 김좌진이 의견을 내놓자 김경태와 임세규도 동의를 표했다.

"같은 생각입니다."

"그게 좋을 것 같습니다."

일우 김한종도 고개를 끄덕였다.

"그럼 그렇게 합시다. 어둠이 들고 관사에 불이 켜지면 일을 실행하도록 합시다."

"안면도 있고 하니 박용하가 관사로 들어갔는지는 제가 알아보도록 하겠습니다."

김경태가 다시 나섰다.

"좋은 방법이라도 있소?"

일우 김한종이 묻자 김경태는 입가에 미소를 머금었다.

"예, 제게 좋은 방법이 있습니다. 맡겨 주십시오."

"알겠소. 허나 각별히 조심하도록 하시오."

"염려 놓으십시오."

"만에 하나 실패하게 되면 무작정 달려 나가시오. 그리고 각자 흩어져 지부에서 만나도록 합시다."

"예, 알겠습니다."

일우 김한종과 백야 김좌진, 그리고 광복회 회원인 김경태, 임세규 네 사람은 저녁에 있을 일을 세밀히 논의하고는 어둠이 지기를 기다렸다.

마침내 기다리던 어둠이 드리워졌다. 하나 둘 불이 켜지고 거리가 밝아진 것이다.

김경태는 다짜고짜 면사무소 안으로 들어섰다. 시선이 한데 모아졌다. 그러나 곧 거둬들여지고 말았다. 별 볼 일 없는 사람이라는 것이다.

"주사님, 작년에 있었던 물세 말입니다."

물세라는 말에 이 주사는 고개를 외로 꼬아댔다. 일제 앞잡이 노릇을 하고 있는 박용하의 수족이었다.

"그건 작년에 끝난 일인데 이제 와서 뭘 또 따지려는 겐가?"

핀잔부터 주었다. 귀찮은 민원인이라는 것이다.

"그게 아니라, 면장님께서 다시 한 번 생각해 주신다고 하셨는데."

말이 끝나기도 전에 이 주사의 호통이 먼저 튀어 나왔다.

"면장님이 그리 한가하신 분인 줄 아는가? 사람하고는."

딱하다는 듯 혀를 차대고는 그만 나가라고 손까지 내둘렀다.

"벌써 들어가셨네. 내일 경성에 올라가셔야 해서 오늘은 일찍 쉬신다고 했어."

"그럼 언제쯤 뵐 수 있을까요?"

"다음에 다시 들르게."

박용하가 관사로 들어간 것을 확인한 김경태는 그만 물러나기로 했다. 순순히, 그것도 풀죽은 표정으로 면사무소를 나왔던 것이다. 그의 뒤로 이 주사의 뒤퉁스런 핀잔이 따라 나왔다.

"별, 같잖은 놈이 다 지랄을 떨고 있어."

김경태의 두 손이 부르쥐어졌다. 입술도 깨물어졌다.

'두고 보자! 이놈.'

박용하가 관사로 들어간 것을 확인한 광복회 회원 일행은 마침내 일을 처리하기로 했다.

김경태와 임세규가 솔숲으로 돌아 관사의 뒷담을 넘기로 했다. 백야 김좌진은 뒤 언덕에서 전체를 감시하고 일우 김한종은 일제 순사들을 살피기로 했다. 무슨 일이 있으면 휘파람을 불어 서로 알리기로 했다.

다행히 면사무소 인근 거리는 왁자했다. 소리를 지르고 노래를 부르는가 하면 술집에서 싸움질하는 소리도 들려왔다.

김경태와 임세규는 가볍게 담장을 넘었다. 그리고 불빛이 새어나오고 있는 창문에 바짝 다가서서는 귀를 기울였다. 조용했다. 김경태는 임세규에게 뒷문으로 들어가자고 손짓했다. 조심스레 뒷문을 잡아당기자 소리 없이 열렸다. 안을 살폈으나 사람은 없고 덩그마니 불만 켜져 있었다. 당황한 두 사람은 고개를 흔들었다. 들어갈까 말까 망설였던 것이다. 그때 밖으로부터 인기척이 들려왔다. 두 사람은 재빨리 안으로 뛰어들어 방안으로 들어갔다. 미리 들어가 기다리고자 한 것이었다. 잠시 뒤 인기척이 들리며 박용하가 들어섰다.

문 뒤에 숨어있던 임세규가 방문을 열고 들어서는 박용하의 입을 틀어막았다. 놀란 박용하의 눈이 부릅떠졌다. 김경태가 잽싸게 문을 닫았다. 그러고는 칼끝을 들이밀었다.

"움직이면 죽는다. 그대로 있어."

김경태의 위협에 박용하는 고개를 끄덕였다. 누군지 알기 때문이었다.

"너 같은 일제 앞잡이 놈은 죽어 마땅하다."

김경태의 울분에 박용하는 살려달라는 눈빛으로 애원했다. 그러나 분노한 눈빛은 이미 용서라는 말을 지운 지 오래인 듯했다.

"너를 죽이는 것은 하늘과 민족의 뜻이다. 후회하지 마라. 네 죽음은 결코 헛되지 않을 것이다."

말을 마친 김경태는 그대로 박용하의 가슴을 찔렀다. 박용하의 얼굴이 고통으로 일그러졌다. 그러나 어떤 소리도 들리지 않았다. 임세규가 틀어막고 있기 때문이었다. 피가 튀고 방안은 순식간에 아수라장으로 변하고 말았다.

"너의 죽음이 친일 반역자들에게 큰 경계가 될 것이다."

임세규는 치를 떠는 목소리로 말하고는 박용하를 슬며시 내려놓

앉다. 고통에 찬 얼굴로 박용하는 방바닥에 눕혀졌다. 검붉은 피가 이내 방바닥을 물들였다.

"우리는 광복회 회원이다. 이제 알겠느냐?"

말을 마친 김경태와 임세규는 방문을 나섰다. 그러고는 뒷문을 향해 발길을 옮기려는 순간, 김경태가 임세규의 팔을 잡아챘다.

"잠깐, 동지."

"뭔 일이오?"

임세규는 의아한 얼굴로 김경태를 돌아보았다. 아직도 얼굴이 벌겋게 달아오른 채 흥분이 가시지 않고 있었다.

"한 놈 더 있소, 동지."

한 놈 더라는 말에 임세규가 망설였다. 자칫 잘못하면 일을 성공하고도 되돌릴 수 없는 실수로 이어질 수 있기 때문이었다.

"잘못하면 일을 그르칠 수 있소."

냉정한 얼굴로 임세규는 달랬다. 그러나 달랜다고 될 일이 아닌 듯싶었다.

"이 모두 조국을 위한 일이오. 그놈도 박용하 못지않은 매국노요."

박용하 못지않은 매국노라는 말에 임세규도 어쩔 수 없었다. 고개를 끄덕이고 말았던 것이다.

"내가 가서 놈을 이리로 데려 오겠소. 아까처럼 방안에 들어가 있으시오."

임세규는 고개를 끄덕였다. 그러고는 다시 방안으로 들어갔다.

박용하는 이미 숨이 끊어져 있었다. 방바닥은 온통 붉은 피로 흥건하게 젖어 있었다. 발 디딜 틈조차도 없었다.

"조국을 팔아먹은 매국노의 최후다. 더러운 놈."

임세규는 박용하의 파리한 얼굴에 침을 뱉어댔다. 그러고는 한쪽으로 시신을 밀쳐놓고 문 뒤로 가 몸을 숨겼다. 다음 매국노를 기다렸던 것이다.

김경태는 옷매무새를 가다듬고는 면사무소 옆문으로 다가갔다. 관사로 직접 통하는 문이었다. 빠끔히 문을 열고 들어서자 이 주사가 멀뚱히 바라보았다.

"아니, 자네가 어째 게 있는 겐가?"

의아하다는 얼굴의 이 주사를 향해 김경태는 두 손을 비벼대며 굽실거렸다. 입가에는 웃음까지 베어 물었다.

"면장님께서 만나주셨습니다. 이 주사님, 잠깐 오시랍니다."

"뭐? 이 사람이 근데……."

이 주사는 면장님이 부른다는 말에 얼굴부터 찌푸려댔다.

"내가 아까 말했잖은가? 다음에 오라고. 그런데 왜 그렇게 난리를 피우고 그러는 게야. 사람하고는."

귀찮다는 듯 이 주사는 옆문으로 다가왔다. 그러고는 신경질적으로 김경태의 몸을 밀치고 문 밖으로 나섰다.

"아무튼 면장님께서 내게 타박을 하시면 그땐 정말 가만 안 있을 게야."

김경태의 입가에 미소가 어렸다.

"예, 그렇게 하십시오."

이 주사는 헛기침을 한 번 하고는 관사 앞으로 내달았다. 그러고는 문 앞에 서서 공손히 면장님을 불러댔다. 그러나 아무런 대답이 없었다.

"안으로 들어오시랍니다."

김경태의 말에 이 주사는 희읍스름한 눈으로 힐끗 한번 쳐다보고는 거실 문을 열고 안으로 들어갔다. 김경태는 곧바로 뒤따라 올라가 거실 문을 닫았다. 순간 이 주사는 거실 바닥에 어지럽게 찍혀있는 신발자국을 보았다. 뒷머리가 쭈뼛했다. 돌아보니 이미 김경태가 칼을 들고 서 있었다.

"네놈이……."

말을 마치기도 전에 김경태가 바람같이 달려들어 이 주사의 가슴을 찔렀다. 이 주사의 입에서 헛바람 켜는 소리가 새어나왔다. 이 주사는 가슴을 움켜쥐었다.

"일제의 앞잡이가 되어 동포를 못살게 군 죄 값이다. 달게 받아라."

이 주사는 손을 들어 뭐라 소리치려 했지만 목소리가 나오지를 않앉다. 움켜 쥔 손에서는 검붉은 핏물이 꾸역꾸역 흘러나오고 있었다. 이어 안에서 임세규가 뛰쳐나왔다.

"놈들이 눈치를 챘소. 발자국을 본 모양이오."

김경태의 말에 임세규는 고개를 끄덕였다.

"동지, 시간이 없소. 밖에서 기다리는 분들을 생각해서."

임세규의 재촉에 김경태도 고개를 끄덕였다.

"알겠소."

말을 마친 김경태는 붉은 피가 흘러내리고 있는 칼에 힘을 주었다. 이 주사는 고통스런 얼굴로 김경태를 쳐다보았다. 살려달라는 눈빛이 역력했다. 그러나 김경태의 분노를 달랠 수는 없었다.

"다음 생에는 부디 그런 짓을 일삼지 말거라. 잘 가거라, 이 매국노!"

김경태는 칼을 빼어서는 다시금 찔러댔다. 이 주사의 목이 힘없이 꺾였다. 숨을 거두고 만 것이다.

"서두릅시다, 동지."

임세규가 다시 재촉하자 김경태는 이 주사를 그대로 내동댕이치고는 발길을 돌렸다. 이어 뒷문을 나서 담장을 넘었다.

건너편 거리는 아직도 흥청거리고 있었다. 부어라 마셔라 하며 들썩이고 있었던 것이다.

백야 김좌진과 일우 김한종, 그리고 광복회원인 김경태와 임세규는 무슨 일 있었느냐는 듯 여유롭게 도고를 빠져나갔다. 그리고 이튿날, 충청도에 비상이 걸렸다. 광복회원들의 애국운동에 세상이 발칵 뒤집히고 말았던 것이다. 일제는 대대적인 색출 작업에 돌입했고 그때부터 광복회는 쫓기는 신세가 되고 만 것이다.

＊＊＊

회상에서 벗어난 백야 김좌진은 박상진의 두 손을 꼭 잡았다.
"알겠습니다. 어떻게 하든 발판을 마련하도록 하겠습니다. 이렇게 큰 자금까지 마련해 주셨는데 어찌 소홀히 할 수 있겠습니까?"
"자! 시간이 없네. 이별주나 한 잔씩 하세나."
일우 김한종이 잔을 내밀었다. 그러자 어재하가 술을 따랐다. 술을 따르는 손이 희고도 가냘펐다. 백야 김좌진의 앞에 이르러서는 가늘게 떨리기까지 했다.
"몸조심하십시오."
짧은 인사였다. 백야 김좌진은 그윽한 눈길로 어재하를 바라보았다.
"그동안 고마웠네. 자네 같은 처자가 있어 우리 광복회 회원들이 마음 놓고 쉴 수 있었네. 앞으로도 변치 않는 그 마음 부탁하네."
백야 김좌진의 말에 어재하는 참았던 눈물을 그예 쏟아내고 말

앉다.

"여부가 있겠습니까? 다만 제가 그 일을 잘 해낼 수 있을지 걱정입니다."

일우 김한종이 곁에서 어재하의 어깨를 토닥였다.

"인연이란 알 수 없는 것이네. 김 동지는 반드시 돌아올 게야."

"그렇네. 좋은 시절이 오면 다시 올 게야."

광복회 사령관 박상진도 거들었다.

백야 김좌진은 잔을 들어 단숨에 들이켰다. 그러고는 다시 잔을 내밀었다.

"내가 한 잔 따라줌세."

가냘픈 손을 내밀어 어재하가 잔을 받았다. 백야 김좌진은 잔이 넘치도록 한가득 따라주었다.

"내 마음일세."

"고맙습니다. 잊지 않겠습니다."

어재하는 고개를 돌리고는 다소곳이 술잔을 들었다. 맑은 술에 비친 어재하의 입술이 붉기만 했다. 눈가에는 이슬도 맺혀 있었.

잔을 내려놓은 어재하는 몸을 일으켰다. 그러고는 장롱으로 다가가 작은 보따리를 꺼냈다. 세 사람의 시선이 그녀에게로 모아졌다.

자리에 앉은 어재하는 보따리를 내밀었다.

"천이백 원입니다."

어재하의 말에 광복회 사령관 박상진을 비롯해 일우 김한종과 백야 김좌진은 놀란 얼굴로 그녀를 바라보았다.

"사령관님께서 주신 군자금은 학교를 건립하는 데 쓰시고 이 돈은 부사령관님께서 필요하실 때 요긴하게 쓰십시오."

백야 김좌진은 말없이 고개만 끄덕였다. 그녀의 마음을 읽을 수 있기 때문이었다. 백야 김좌진은 어재하의 두 손을 맞잡았다. 따뜻했다.

"자네의 그 마음 잊지 않겠네. 내 자네를 위해서라도 기필코 조국의 독립을 쟁취하고 말 것이네. 혼신의 힘을 다하겠네."

백야 김좌진은 맞잡은 손에 힘을 주었다. 고개 숙인 어재하의 몸이 가늘게 떨렸다.

"그 많은 돈은 어찌 구했는가?"

일우 김한종이 묻자 어재하는 머뭇거리며 대답을 망설였다. 그러다가는 마지못한 듯 입을 열었다.

"맞은편 전답을 팔았습니다."

어재하의 말에 광복회 사령관 박상진이 한숨을 몰아쉬었다. 고개도 끄덕였다.

"알겠네. 자네의 마음을 알겠네. 내가 반드시 그 전답은 찾아줄 것이네. 우리 상황이 나아지면 어떻게든 찾아줄 것이네."

일우 김한종도 거들었다.

"그 전답이 어떻게 마련한 것이던가? 그런데도 그것을 팔아 우리 일에 보태겠다니 자네 마음이 어떻다는 것을 잘 알겠네."

백야 김좌진은 아무 말도 하지 않았다. 맞잡은 두 손만을 보듬을 뿐이었다.

"먼 길을 가야 하네. 이제 그만 일어서시게."

눈치도 없는 야속한 말이었다. 어재하는 재빨리 손을 빼내었다. 백야 김좌진의 두 손이 허전했다.

사령관 박상진이 먼저 짐을 들고 일어섰다. 이미 밤이 깊어 있었다.

"부디 잘 이루시게, 아우님."

일우 김한종이 백야의 두 손을 맞잡았다. 마지막 손잡음이었다. 사령관 박상진도 손을 보탰다. 세 사나이는 조국의 독립을 약속하며 뜨거운 이별의 정을 나누었다. 그러고는 밖으로 나섰다.

대문 앞에서 보따리를 받아 든 백야 김좌진은 어둠 속으로 사라져 갔다. 그의 뒤로 광복회원 신재열이 따랐다. 광복회 사령관 박상진과 충청지부장 일우 김한종, 그리고 어재하는 대문 앞에서 사라져가는 백야 김좌진의 뒷모습을 물끄러미 바라보았다. 어재하는 그제야 참았던 눈물을 쏟아내고 말았다. 그러나 차마 흐느끼지는 못했다.

이후 광복회는 철저히 유린당했다. 일제에 의해 사령관 박상진을 비롯해 일우 김한종, 장두환, 김경태, 임세규 등이 모두 체포되어 투

옥된 것이다. 그리고 모두 일제에 의해 사형에 처해지고 말았다.

＊＊＊

회상에서 벗어난 백야 김좌진은 정신이 번쩍 들었다. 달아난 기마대가 있기 때문이었다.

"달아난 놈들이 있다. 이대로 있어서는 안 된다. 먼저 놈들을 잡아야 한다."

백야 김좌진의 말에 연성대장 이범석이 나섰다.

"사령관님, 놈들은 기마대입니다. 쫓기에는 너무 늦었습니다."

백야 김좌진은 둘러선 참모들을 돌아보았다. 얼굴에 비장함이 쓰여 있었다.

"그렇다면 놈들의 본거지를 치는 수밖에 없다."

백야 김좌진의 말에 참모들은 아연실색했다.

"사령관, 너무 지쳐 있네. 좀 쉬어야 하네."

"참모장의 말이 맞네. 백운평에서 전투를 치르고 곧장 백 리 길을 달려왔어. 그리고 또 이곳 천수평에서 사선을 넘나들었네. 더구나 본대를 친다는 것은 지금 상태에서는 불가한 일이야."

참모장 이장녕의 만류에 이어 참모부장인 나비장군 나중소마저 반대하고 나섰다. 그러나 사령관 백야 김좌진의 의지는 확고했다.

"이번 전투만 하면 쉴 것입니다. 놈들을 괴멸시켜 조국의 독립을 쟁취하려는 것이 우리가 일어선 이유입니다. 그렇다면 이까짓 어려움쯤이야 참고 견뎌내야 하지 않겠습니까?"

사령관 백야 김좌진의 말에 이의를 제기하는 사람은 없었다. 참모장 이장녕도 참모부장 나중소도 그만 입을 다물고 말았다. 틀린 말이 아니었기 때문이다.

"놈들은 우리 북로군정서군과 홍범도 부대의 연합군을 목표로 파견된 부대입니다. 언젠가는 한번 크게 부딪혀야 하는데 이왕 그럴 것이라면 지금이 적기라 생각합니다."

참모장과 참모부장을 번갈아 본 백야 김좌진은 다시 입을 열었다.

"더구나 놈들은 이제 가만있지 않을 겁니다. 두 번의 연이은 패배로 보복을 하려 들 것입니다. 그러면 제일 먼저 갑산촌의 동포들이 큰 어려움을 겪게 될 것입니다."

백야 김좌진의 이 말에 듣고만 있던 김주한이 나섰다.

"맞습니다. 놈들은 우리 갑산촌을 제일 먼저 습격할 것입니다."

목소리는 불안감으로 떨리기까지 했다.

"놈들의 본거지를 아시오?"

백야 김좌진이 물었다.

"인근 어랑촌에 있습니다."

"길을 안내해 주실 수 있겠소?"

백야 김좌진의 부탁에 김주한은 기다렸다는 듯 대답했다.
"여부가 있겠습니까? 제가 안내해드리겠습니다."
"좋소. 그럼 길안내를 부탁하오."
사령관 백야 김좌진은 이글이글 불타오르는 눈빛으로 참모들을 둘러보았다. 그러고는 다시 입을 열었다.
"이번에도 우리가 먼저 유리한 고지를 점령하고 공격을 감행한다면 또 다시 좋은 결과를 기대할 수 있을 것이오."
이미 결정된 일에 토를 달아 분위기를 해칠 수는 없었다. 북로군정서군 누구도 반대하는 사람이 없었던 것이다.
북로군정서군은 대열을 정비하고는 곧장 어랑촌으로 향했다. 또 다시 행군을 시작한 것이다.
"놈들은 모두 어느 정도나 되는지 알고 있소?"
사령관 백야 김좌진이 묻자 앞장서 걷던 김주한이 대답했다.
"천오백 명 정도 되는 것으로 알고 있습니다. 보병에 기병, 게다가 포병까지 갖추고 있는 것으로 알고 있습니다."
만만치 않은 숫자에 전세였다. 사령관 백야 김좌진의 입술이 굳게 다물어지며 허리춤의 탄대가 다시 한 번 바짝 조여졌다.

3. 어랑촌 전투

갑산촌 한인 촌장 김주한의 안내로 북로군정서군은 어랑촌(漁郞村) 입구에 다다랐다. 그리고 어랑촌의 서남단에 위치한 완록구 천리봉에 도착했다. 완만하지만 높게 솟은 봉우리였다.

"이 완록구 뒤쪽에 아즈마 부대가 주둔하고 있습니다."

김주한의 말에 사령관 백야 김좌진은 참모들을 불렀다.

"아즈마 부대가 이 산 뒤쪽에 있다고 한다. 먼저 고지를 점령해야 한다. 여기에서 산을 오른다."

사령관 김좌진은 짧게 끊는 말로써 상황의 긴박함을 표현했다.

"연성대장은 저쪽 산기슭으로 올라라. 나는 이쪽 등성이로 오를 것이다."

"예, 알겠습니다."

"놈들에게 발각되지 않도록 각별히 조심하고 정상에서 보도록 하자. 자세한 것은 적진을 살핀 후 상의하도록 하자."

"예, 사령관님."

연성대장 이범석은 대답을 마친 후 즉시 중대를 이끌고 산을 올랐다. 뱀의 몸뚱이처럼 북로군정서군이 구불구불 천리봉을 오르기 시작했다.

"촌장께서는 그만 돌아가도록 하십시오. 그동안 고마웠습니다."

"별말씀을 다 하십니다. 조국과 동포들을 위해 애쓰시는 사령관님을 돕는 것은 당연한 일인데요 뭘."

사령관 백야 김좌진은 미소로써 다시 한 번 고마운 마음을 전했다.

"여기는 위험합니다. 천수평과는 상황이 많이 다르지요. 어떻게 될지 모르니 돌아가시는 게 좋겠습니다. 그리고 우리 북로군정서군이 아즈마 부대를 섬멸하고 나면 그때 환영의 의미로 목을 축일 것이나 좀 마련해 주시면 고맙겠습니다."

백야 김좌진의 말에 그제야 갑산촌 촌장 김주한은 고개를 끄덕였다. 백운평 전투부터 한시도 쉬지 못했다는 말을 들었기 때문이다.

"알겠습니다. 가서 준비하고 기다리도록 하겠습니다. 부디 승리하시고 꼭 돌아오시기 바랍니다."

"여부가 있겠습니까? 반드시 그렇게 하도록 하겠습니다."

백야 김좌진은 촌장 김주한을 돌려보냈다. 그러고는 등성이를 따라 산을 오르기 시작했다. 산을 오르며 올려다보니 별빛이 머리 위로 총총히 쏟아져 내리고 있었다. 고향의 별빛만 같았다. 그러나 고향을 떠올리기에는 현실이 너무나도 급박하기만 했다. 다른 생각을 할 여유가 없었던 것이다.

　'오늘 있을 전투가 모든 것을 결정지을 것이다. 우리 북로군정서군이 살아남느냐 아니면 일본군이 저 넓은 들판을 거머쥐느냐.'

　이를 악문 백야 김좌진은 피곤함도 잊었다. 오히려 정신이 더욱 맑고 또렷해졌다. 건너편으로 연성대장 이범석이 거느리는 북로군정서군이 별빛 아래 공제선으로 꼬물꼬물 움직이는 모습이 눈에 들어왔다. 어느새 정상에 다다르고 있었던 것이다.

　"이제 오늘 전투만 승리하면 푹 쉴 수 있을 것이다. 힘을 내라. 적이 가까이에 있다!"

　백야 김좌진은 힘을 내라며 독려했다.

　한편, 천리봉 아래 계곡에 주둔하고 있던 일본군 아즈마 부대는 벌집을 쑤셔놓은 듯했다. 뒤늦은 초병의 보고가 있기 때문이었다.

　"뭐라, 놈들이 산을 오르고 있어?"

　"대좌님, 빨리 고지를 점령해야 합니다. 놈들이 선점하기 전에."

　아즈마 부대의 부대장 가노우 대좌는 당황한 기색이 역력했다.

　"서둘러라. 다카노는 하세가와와 함께 즉시 고지를 점령해라!"

"예, 알겠습니다."

다카노는 재빨리 막사를 뛰쳐나갔다. 그러고는 군사를 점고했다. 일본군 아즈마 부대의 정예 보병이었다.

"감히 대일본제국에 맞서려는 어리석은 신민이 있다. 이번에 아예 그 뿌리를 뽑아 놓을 것이다. 각오하고 나를 따르라!"

다카노는 아즈마 부대 보병을 이끌고 천리봉을 올랐다. 하세가와가 거느리는 중대도 봉우리로 향했다. 놀라 잠을 깬 새들이 새벽하늘을 푸드덕거리며 날아올랐다.

가노 대좌는 다카노와 하세가와를 보내놓고는 다시 명령을 내렸다.

"포병은 등성이까지 올라가 보병을 지원하라. 그리고 기마대는 만약의 사태에 대비하고 측면을 방어하라!"

가노 대좌의 명령은 계속 이어졌다.

"예비대까지 총동원하라! 아즈마 부대의 모든 병력을 투입한다. 우리의 목적은 이 만주 땅에 주둔하고 있는 북로군정서군과 대한독립군을 괴멸시키는 것이다. 오늘 전투로 결판을 낼 것이다."

불빛에 비친 가노 대좌의 얼굴은 욕망으로 번들거리고 있었다.

＊＊＊

백야 김좌진이 천리봉 정상에 올라서자 동녘으로 새벽이 터오기 시작했다. 그리고 산 아래의 아즈마 부대 본부가 눈에 들어왔다. 규모로 볼 때 북로군정서군의 몇 배는 될 것 같았다. 등성이에 올라 야포를 준비하고 있는 아즈마 부대의 포병과 사거리 안에 든 다카노와 하세가와의 보병도 눈에 잡혔다.

"선제공격을 한다. 고지를 점령한 것 외에는 저들에 비해 이로운 것이 없다. 숫자도 화력도 부족하다."

사령관 백야 김좌진의 얼굴에 비장감이 감돌았다. 연성대장 이범석을 비롯한 참모들도 마찬가지였다.

"연성대장은 중대를 이끌고 좌측을 맡게. 나는 우측을 맡을 것이네. 그리고 이민화 동지와 한건원 동지는 저쪽 등성이로 내려가게. 올라오는 적을 최대한 막아야 하네."

"알겠습니다, 사령관님."

연성대 장교 이민화와 한건원은 대답을 마치고는 즉시 소대원을 이끌고 산등성이 쪽으로 내려갔다. 사령관 백야 김좌진의 명령은 계속되었다.

"박 동지는 김 동지와 함께 소대병력을 이끌고 저쪽 산모퉁이를 막아 주게. 각별히 유념해야 할 것은 저들이 측면으로 밀고 올라오리라는 것이네."

"예, 알겠습니다."

부관 박영희와 연성대 장교 김춘식도 대답과 동시에 산등성이로 향했다.

"참모장과 참모부장께서는 기관총 부대를 이끌고 측면에서 지원사격을 해주십시오. 부탁드리겠습니다."

"알겠네."

북로군정서군은 신속하게 전투태세를 마쳤다. 아랫녘에서 다카노와 하세가와의 아즈마 부대 보병도 진지를 구축하고는 기회를 엿보고 있었다.

북로군정서군은 허기와 피로감으로 기진맥진한 상태였다. 벌써 세 번째 전투다. 먹지 못하고 쉬지 못했으며 잠도 못 잤다. 다리가 후들거리고 가슴도 뛰었다. 사선을 넘나드는 연이은 전투에 정신마저도 극도로 예민해져 있었다. 백야 김좌진은 그래도 북로군정서군을 믿었다. 조국의 독립을 향한 뜨거운 열망을 믿었던 것이다.

"이것이 마지막 전투라 생각하라. 놈들의 발 아래 신음하고 있을 조국의 동포들을 떠올려 보아라. 그러면 우리가 어떻게 해야 할지 판단이 설 것이다. 놈들을 용서치 마라!"

큰 소리로 외친 사령관 백야 김좌진은 허리춤의 권총을 빼어서는 푸른 하늘로 들어 올렸다.

"사격 개시!"

총성이 울렸다. 사령관 백야 김좌진의 명령이 떨어진 것이다. 이어 천리봉 정상에서 불이 뿜어졌다. 유성과 같은 불빛이 산 아래를 향해 빗발처럼 그어졌다. 이른 아침에 우레가 쏟아지고 번개가 작렬했다.

"대일본제국의 영광을 위해 맞서라. 감히 천황폐하에게 반기를 들다니, 대일본제국의 위엄을 똑똑히 보여주어라!"

다카노는 길길이 날뛰었다. 마치 불을 보고 날아드는 불나방만 같았다.

'저놈이 중대장인 모양이로구나!'

연성대장 이범석은 상체를 드러낸 채 일본군을 독려하고 있는 다카노를 보았다. 즉시 총구를 겨눴다. 불나방 사냥을 시작한 것이다. 이어 총구에서 불이 뿜어지고 다카노가 보기 좋게 나가 떨어졌다. 먼지를 일으키며 다카노는 산비탈을 굴렀다.

"소좌님."

곁에 있던 부관 우에키가 달려갔다. 다카노는 어깨에 총상을 입고 있었다. 붉은 피가 선명했다. 다카노는 신음을 흘리며 어깨를 거머쥔 채 일어서려 했다.

"위험합니다. 그대로 엎드려 계십시오!"

그러나 다카노는 이를 악문 채 몸을 일으켜 세웠다. 알량한 자존심이었다. 우에키가 재빨리 부축했다.

"놔라. 내 이 조센징을……."

다시 한 번 총성이 울렸다. 그러고는 애먼 우에키가 그대로 쓰러졌다. 다카노의 얼굴로 피가 튀었다. 우에키의 피였다. 피칠을 한 얼굴로 다카노는 위를 노려보았다. 연성대장 이범석이 총을 겨누고 있는 모습이 눈에 들어왔다.

"저 조센징이."

다까노는 총을 들려 했다. 그러나 움직일 수가 없었다. 어깨가 마비되어 있었던 것이다. 생각처럼 몸이 움직여주질 않자 다카노는 그제야 죽음에 대한 공포가 스며들었다. 재빨리 몸을 숙였다. 그러나 그건 생각뿐이었다. 총탄을 피할 수는 없었던 것이다. 그나마 죽음은 모면할 수 있었다. 이번에는 오른쪽 허벅지에 맞았던 것이다. 다카노는 그대로 쓰러졌다. 이어 살아야겠다는 일념으로 곁에 있는 나뭇등걸을 향해 기어갔다. 움푹 파인 지형이 몸을 숨기기에도 알맞았다.

다카노는 탄식을 터뜨렸다. 총탄을 맞은 어깨에서 핏물이 끊이지 않고 있었다. 허벅지도 마찬가지였다. 이미 주변은 마른 황토가 축축한 적토로 바뀌어 있었다. 이대로 있다가는 과다출혈로 죽을 것만 같았다. 아니, 그럴 것이 틀림없었다. 죽음에 대한 공포가 머릿속을 지배하자 두려움이 불쑥 일었다. 그러자 살고자 하는 욕망도 따라 일어섰다.

주변을 둘러보니 참담하기만 했다. 쓰러진 일본군이 부지기수였다. 살아남은 자들도 자신과 다르지 않았다. 피를 흘리며 신음하고 있는가 하면 두려움에 총을 제대로 쏘지도 못하고 있었다. 대일본제국 최고의 정예 보병이라는 천황폐하의 군대였지만 죽음 앞에서는 아무런 힘도 쓰지 못하고 있었던 것이다. 고개를 처박은 채 총구는 푸른 하늘을 겨누고 있었다.

"오이카와, 오이카와!"

다카노는 오이카와를 불렀다. 자신이 거느리는 중대에서 가장 신임하는 소대장이었다. 그는 아즈마 부대에서도 가장 흉포하기로 이름난 사무라이 출신이었다. 소대원들의 대부분은 이미 쓰러져 있었다. 그도 고개를 처박고 있었다. 죽음의 공포에 떨고 있었던 것이다. 그런 모습을 본 다카노는 그제야 전쟁의 참상과 죽음이 얼마나 두려운 것인가 하는 것을 깨달았다. 사람 목숨을 파리 목숨처럼 칼로 베던 오이카와였다. 그런 그조차도 총탄 앞에서는 저렇게 무기력하기만 했던 것이다.

"오이카와, 오이카와!"

다카노는 다시 불렀다. 그제야 오이카와가 고개를 돌렸다. 두려움에 젖은 눈빛이었다. 다카노는 있는 힘껏 소리쳤다.

"이리 와!"

손짓까지 해댔다. 그러나 오이카와는 정신이 나가 있었다. 멍한 얼굴로 고개를 가로저었다.

총탄이 빗발치듯 다카노와 오이카와 사이를 헤집고 있었다. 수류탄도 펑펑 터져댔다. 전세를 잡은 북로군정서군이 바짝 다가오고 있었다. 흙먼지와 돌가루, 그리고 파편이 비처럼 쏟아져 내렸다.

"사무라이 정신은 어디다 팔아먹었느냐? 저런 병신 같은 놈!"

다카노는 분노했다. 오이카와가 원망스러웠다. 충성을 맹세하며 흉포함을 용맹함으로 포장해 보여줄 때는 언제고, 이제는 도움은커녕 제정신도 차리지 못하고 있는 오이카와가 원망스럽기만 했던 것이다.

정신이 가물가물해지기 시작했다. 하늘도 빙빙 돌아댔다. 귀를 찢던 총탄소리도 이제 희미해져갔다. 그때 하세가와의 목소리가 어렴풋이 들려왔다.

"후퇴하라, 중대 후퇴하라!"

후퇴 명령이 떨어진 것이다. 다카노는 웃음을 흘렸다. 이제 모든 것을 체념했다. 이어 발자국소리도 들려왔다. 기다렸다는 듯이 달아나는 일본군의 것이었다.

"아! 이것이 대일본제국의 실체였구나!"

다카노는 탄식했다. 눈을 들어보니 오이카와도 이미 사라지고 없었다. 다카노는 씁쓸히 웃고 말았다.

"싸울아비의 정신으로 맞서라! 우리는 화랑의 후예이자 충무공의 후예다!"

사령관 백야 김좌진은 목이 터져라 외쳐댔다. 그러면서 수류탄을 던지고 방아쇠도 당겨댔다. 짚단이 넘어지듯 일본군이 쓰러졌다.

물러나는 일본군을 북로군정서군은 토끼몰이하듯이 몰아댔다. 찬바람에 우수수 낙엽이 지듯 쓰러지는 일본군을 보고 힘을 얻은 북로군정서군은 어느새 천리봉 중턱까지 밀고 내려와 있었다.

"멈춰라! 더 이상 쫓는 것은 위험하다."

사령관 백야 김좌진의 명령에 북로군정서군은 추격을 중단했다.

산 아래로 아즈마 부대 예비대가 모여들고 있었다. 주변에 있던 예비대들이 천리봉 본부로 모여든 것이다. 마치 개미떼가 움직이듯 골짜기를 가득 메우고 있었다. 심상치 않은 숫자였다. 이어 산기슭의 야포부대도 포를 쏘아대기 시작했다.

북로군정서군은 재빨리 물러났다. 그러고는 진지를 구축했다. 전투는 잠시 소강상태에 접어들었다. 포탄소리만이 산을 울려댔다.

"사령관님, 일본군 소좌입니다."

연성대 장교 한건원이 다카노를 잡아왔다. 숨을 헐떡이고 있었다.

"가엾은 놈일세!"

"어떻게 할까요?"

"원수이기는 하나 그도 목숨이 아니던가? 일단 치료해 주게."

다카노는 어렴풋이 들었으나 수치스럽기만 했다. 그러면서도 살려준다는 말에는 고맙기 그지없었다. 그러나 자신이 살아날 수 있을지는 알 수 없었다. 점점 정신이 혼미해져 가고 있기 때문이었다. 누군가 자신을 치료하고 있는 듯했지만 결국 정신줄을 놓고 말았다. 숨을 거두고 만 것이다. 그것도 자신이 그토록 조센징이라며 혐오했던 조선인의 품안에서 말이다.

아즈마 부대 가노 대좌는 직접 전투 지휘에 나섰다. 예비대까지 총동원해 산기슭으로 올랐던 것이다.

"야포부대는 지원을 아끼지 마라! 물러나는 자는 대일본제국의 이름으로 처형할 것이다."

가노 대좌는 길길이 날뛰었다. 먼저 올려 보낸 다카노와 하세가와의 참패를 직접 눈으로 보았기 때문이다. 대일본제국의 치욕이었다. 믿었던 부하들의 졸렬함에 가노 대좌는 분노했고 그 분노는 곧 아집으로 이어졌다. 무작정 돌진하라는 명령만을 고집했던 것이다.

"제놈들이 얼마나 되겠는가? 아즈마 부대의 모든 병력을 동원해서라도 몰살시켜버리고 말 것이다. 돌격하라. 산을 올라라!"

가노 대좌는 작전도 전술도 없었다. 오직 오천여 명의 병력만을 믿었다. 그 숫자면 북로군정서군을 모두 잡을 수 있을 것이라 생각했던 것이다.

하늘을 가르는 포탄이 천리봉 꼭대기를 향해 쉼 없이 날아갔다. 이어 지축을 뒤흔드는 폭발음이 귀를 찢었다.

"엎드려라! 엄폐물로 잠시 몸을 보호하라!"

사령관 백야 김좌진과 연성대장 이범석은 새까맣게 쏟아지고 있는 포탄을 일단 피하고 봐야 했다. 큰 소리로 연이어 피하라고 외쳐댔다. 그러나 여기저기에서 비명소리가 터져 나왔다. 당황하지 않을 수 없었다.

"야포부대를 막아야 한다."

"사거리가 긴 기관총으로만 대응할 수 있습니다, 사령관님."

누군가 기관총부대를 입에 올렸다. 그제야 백야 김좌진은 참모장 이장녕과 참모부장 나중소를 떠올렸다.

"가서 알려라. 야포부대를 막으라고 말이다."

"예, 알겠습니다."

소대장 윤재인이 죽음을 무릅쓰고 산을 내려갔다. 동북방향 산기슭의 기관총부대로 향했던 것이다.

고개를 들어보니 산 아래에서는 일본군이 새까맣게 기어 올라오고 있었다. 백야 김좌진은 긴장하지 않을 수 없었다. 일본군의 물량공세와 인적공세에 절로 눈살이 찌푸려졌다.

"저렇게 많았던가?"

천오백여 명이라던 김주한의 말이 떠올랐다. 잘못된 정보였다. 그러나 이제 어쩔 수 없었다. 최선을 다하는 수밖에는 없었다. 그때 콩 볶는 듯한 소리가 아랫녘 산등성이에서 들려왔다. 기관총부대가 있는 쪽이었다. 그런데 생각보다 아래쪽이었다. 소대장 윤재인이 다다랐을 시간은 아니었다. 그렇다면 참모장 이장녕이 판단을 내렸을 것이다. 야포부대를 막기 위해 아래쪽으로 더 이동을 했다는 얘기다.

역시 참모장 이장녕이었다.

"야포부대를 막아야 한다. 집중 사격을 가하라!"

참모장 이장녕은 기관총을 그어대며 외쳤다. 그러나 귀를 찢는 총탄소리, 포탄소리에 들릴 리 만무했다. 일본군 쪽에서도 불꽃이 튀었다. 대응사격을 해왔던 것이다. 양쪽 진영에서 치열한 공방전이 벌어졌다. 벌건 대낮에 빗살이 허공을 가르고 유성이 산을 거슬러 올랐다.

시간이 지날수록 북로군정서군이 불리해졌다. 일본군의 숫자에 밀렸던 것이다. 위기를 느낀 나비장군 나중소가 나섰다.

"참모장, 내가 우회하겠네. 놈들의 뒤로 돌아가겠네."

상기된 얼굴로 소리치는 말에 참모장 이장녕은 선뜻 대답을 못 했다. 사지로 들어가는 것이기 때문이었다.

"그건 너무 위험한 일입니다."

"엄호를 부탁하네."

말릴 겨를도 없이 나비장군 나중소는 뒤도 돌아보지 않은 채 산을 내달았다. 그를 따라 십여 명의 북로군정서군이 달려갔다. 참모장 이장녕은 이를 악물었다. 목숨을 돌보지 않는 장렬함에 눈시울이 붉어졌다.

"반드시 살아 돌아오십시오!"

참모장 이장녕은 기관총을 들었다. 그러고는 거침없이 일어서서 그어댔다. 일본군이 늦가을 찬바람에 갈잎 떨어지듯 우수수 나가 떨어졌다. 참모장의 대담함에 북로군정서군은 더욱 힘을 얻었다. 야포부대를 엄호하던 일본군이 픽픽 쓰러졌다. 이어 야포부대의 뒤에서도 총소리가 들려왔다. 참모부장 나중소가 야포부대의 뒤에 다다랐던 것이다. 그리고 포 소리가 점점 잦아들기 시작했다.

"우리도 간다. 나를 따르라!"

참모장 이장녕도 산을 내려갔다. 나비장군 나중소를 돕기 위해서였다. 그를 따라 기관총부대가 줄을 이었다. 전투는 야포부대를 중심으로 치열하게 전개되어갔다. 점령하려는 북로군정서군과 물리치려는 일본군 사이에 한 치의 양보도 없었다.

상황을 파악한 사령관 백야 김좌진은 기관총부대에 대한 지원을 명령했다. 연성대 장교 이민화와 한건원의 소대로 하여금 지원을 하게 했던 것이다. 이에 이민화와 한건원이 대원들을 이끌고 산등성이 아래로 내려갔다. 얼마 후 이들이 합세하자 일본군 야포부대는 일순간 힘을 쓰지 못했다.

한편, 천리봉 아래 산모퉁이에 있던 부관 박영희와 연성대 장교 김춘식은 고전을 면치 못하고 있었다. 물밀듯이 밀려드는 일본군을 당해낼 수가 없었던 것이다.

"진지를 사수해야 한다. 여기가 뚫리면 산등성이까지 위험하다."

사령관 부관 박영희는 목이 터져라 외쳐댔다. 수류탄을 던지고 총을 쏘아댔지만 밀려드는 일본군에 속수무책이었다. 워낙 수적으로 밀렸다. 불가항력이었다. 튀는 총탄에 진지 앞으로 먼지가 뽀얗게 일었다. 눈이 절로 감겨졌다. 둘러보니 쓰러진 대원들이 벌써 절반이 넘었다.

"부관 동지, 안 되겠습니다. 일단 물러나는 것이……."

"안 될 말이오. 물러나면 끝장이오. 죽음으로 사수해야 하오."

소대장 신현민이 후퇴를 입에 올렸다. 그러나 부관 박영희는 단호했다. 죽음으로써 진지를 지키겠다는 것이다.

"이곳을 포기하면 산등성이는 물론 우리 북로군정서군 전체가 위험하게 되오. 다른 생각 마시오."

"맞습니다. 우리는 이곳을 무덤으로 삼아서라도 저놈들만은 막아내야 합니다."

연성대 장교 김춘식도 거들었다. 소대장 신현민은 더 이상 할 말이 없었다.

"알겠습니다. 죽음으로써 지키겠습니다."

소대장 신현민은 연이어 수류탄을 던져댔다. 지축을 뒤흔드는 폭음과 함께 진지를 향해 오르던 일본군이 나가떨어졌다. 흙먼지와 함께 검붉은 핏물이 허공을 수놓았다.

"조국과 함께 죽음으로써 맞서자! 힘을 내라, 만주벌 호랑이 군단이여!"

부관 박영희는 피를 토하는 외침으로 일본군에 맞섰다. 그러나 중과부적이었다. 새까맣게 밀려드는 일본군에 산모퉁이가 무너져 내리고 있었던 것이다. 좌측 언덕으로부터 북로군정서군이 점령을 당하기 시작했다. 최선을 다했지만 쏟아지는 총탄 세례에 어쩔 수가 없었다. 장렬하게 전사하는 대원들을 두고 부관 박영희는 눈물을 흘리지 않을 수 없었다. 손가락에 피가 나도록 방아쇠를 당기고 또 당겨댈 뿐이었다.

"조국을 위해 목숨을 돌보지 않고 싸웠다는 것에 내 삶의 의미를 두겠다. 기쁘지 않을 수 없구나!"

"부관 동지, 조국의 독립을 보지 못하고 죽는 것이 아쉬울 따름입니다."

연성대 장교 김춘식이 맞받은 말이었다.

"아쉬워하지 마세나. 저승에서라도 볼 수 있을 것이네."

말을 마친 박영희는 자리에서 일어서서 수류탄을 던졌다. 그 순간 일본군의 총탄이 사정없이 부관 박영희의 몸을 뚫었다. 장렬한 핏물이 곁에 있던 연성대 장교 김춘식의 몸으로 튀었다. 얼굴이 붉게 물들었다.

"부관 동지!"

연성대 장교 김춘식은 쓰러지는 부관 박영희를 끌어안았다. 입가에 미소가 어리고 있었다. 편안한 모습이었다.

"부관 동지, 곧 보십시다."

연성대 장교 김춘식은 눈물을 흘리며 이를 악물었다. 그러고는 마지막 수류탄을 들어 적진을 향해 힘껏 던졌다. 호를 그리며 허공을 가른 수류탄은 산을 오르던 일본군의 앞으로 떨어졌다. 그와 동시에 화려하고도 강렬한 죽음의 불꽃놀이가 펼쳐졌다. 피가 튀고 살이 튀었다. 일본군은 주춤했다. 그 사이 콩을 볶는 듯한 총소리가 김춘식의 총구에서 울려 퍼지기 시작했다. 일본군은 추풍낙엽처럼 쓰러졌다. 그러나 곧 그 소리도 잠잠해지고 말았다. 적의 총탄에 연성대 장교 김춘식이 장렬하게 전사하고 만 것이다.

산모퉁이는 무너졌다. 장렬하게 무너졌다. 부관 박영희가 병력을 거느리고 사수하던 전초 기지가 그만 전멸을 당하고 만 것이다.

"아! 박 동지, 김 동지!"

사령관 백야 김좌진은 산모퉁이의 상황에 그만 아연실색하고 말았다. 지원군을 내려 보내려 했으나 이미 늦고 말았다. 워낙 밀리는 전투였기에 어떻게 손을 쓸 수가 없었다. 그만큼 일본군의 공세는 파죽지세였다. 유리한 고지를 점령하고는 있지만 북로군정서군에 최악의 상황이었다. 백운평 전투로부터 시작해 천수평, 그리고 이곳 어랑촌까지 연이은 세 번의 전투를 치르면서도 한 번도 제대로 쉬지를 못했다. 그것도 백여 리가 넘는 거리를 강행군하면서였다. 게다가 먹는 것도 부실했다. 그런 대원들로 하여금 수적으로도 몇 배가 넘는 적군과 정면대결을 하게 했으니 그럴 만도 했다. 사령관 백야 김좌진은 이를 악물었다.

"좌측을 막아라! 산모퉁이가 무너졌다. 측면으로 적이 올라올 것이다."

사령관 백야 김좌진은 자리를 옮겼다. 측면 방어를 위해서였다. 북로군정서군은 좌측으로 이동했다. 벌써 등성이를 오른 일본군이 좌측면으로 올라오고 있었다. 적의 수는 가히 위협적이었다. 나무 사이, 바위 사이로 물밀듯이 밀려들고 있었다. 불을 뿜는 총구가 대낮인데도 눈이 부시게 번쩍였다.

좌측을 맡고 있던 연성대장 이범석은 가슴이 뛰었다. 그렇게 많은 전투를 치렀어도 이번처럼 흥분된 적은 없었다. 적의 밀려드는 속도에 야릇한 쾌감마저 일었다. 입가에 웃음을 베어 물었다. 올 테면 오라는 것이었다.

소총을 다잡은 연성대장 이범석은 바위에 몸을 의지한 채 총구를 겨눴다. 이어 총구에서 불이 뿜어졌다. 맨 앞에 달리던 일본군이 돌부리에 채인 듯 보기 좋게 나가 떨어졌다. 연이어 일본군이 쓰러졌다.

"그래, 어서 와라. 이 조국의 원수들아!"

연성대장 이범석은 사정거리 안으로 든 일본군을 연이어 쓰러뜨렸다. 그러나 그 수는 제한적일 수밖에 없었다. 밀려드는 일본군의 수가 워낙 많았기 때문이다.

"대장, 중과부적입니다. 벌써 측면이 무너지기 시작했습니다."

부관 성식의 말에도 연성대장 이범석은 눈 하나 깜짝하지 않았다.

"그렇다고 항복할 수는 없지 않은가? 그냥 싸워라. 죽을 때까지 싸우는 것이다."

연성대장 이범석은 고개도 돌리지 않은 채 방아쇠를 당겨댔다. 부관 성식은 더 이상 할 말이 없었다. 곁에서 대장 이범석을 도울 따름이었다. 연이어 수류탄을 던지고 방아쇠를 당겨댔던 것이다.

측면을 확보한 일본군은 거침없이 돌진해왔다. 거칠 것이 없었다. 북로군정서군은 위기에 봉착하고 말았다. 수적으로 밀리는 데다 측면마저 빼앗겼다. 게다가 야포부대를 습격했던 기관총부대도 반 넘어 희생을 당하고 말았다. 적의 저항이 거셌던 것이다. 아니, 수적으로 밀리는 전투여서 처음부터 어려운 상황이었던 것이다.

"물러나라! 우측 본진으로 물러나라!"

참모장 이장녕은 더 이상의 희생은 무모한 일이란 결론을 내렸다. 적의 포격을 멈추게 한 것만으로도 목적은 달성했다고 생각한 때문이기도 했다.

"일단 물러난다. 후퇴하라!"

방아쇠를 당기며 참모장 이장녕은 연이어 소리쳐댔다.

"참모장, 먼저 올라가게. 내가 엄호하겠네."

나비장군 나중소가 기관총을 사정없이 갈겨대며 소리쳤다. 그의 앞으로 붉게 물든 낙엽이 갈가리 찢기며 나가떨어졌다. 처절한 붉은 빛이었다. 일본군도 그와 같이 우수수 나가떨어졌다.

"아닙니다. 뒤는 제가 맡겠습니다. 먼저 올라가 엄호해 주십시오."

참모장 이장녕과 부장 나중소는 서로 먼저 올라가라며 재촉했다. 그 사이 일본군이 또 다시 우르르 몰려 올라왔다.

"참모장, 빨리 올라가라니까."

"아닙니다. 함께하겠습니다."

참모장 이장녕은 죽어도 혼자는 못 가겠다는 것이었다. 고집을 꺾을 것이 아니란 것을 안 부장 나중소는 고개를 끄덕였다.

"그럼 함께 뛰세나."

말을 마친 나중소가 몸을 돌려 뛰었다. 이어 이장녕도 뒤따랐다. 바위를 넘고 나무 사이를 누비며 두 사람은 산을 올랐다. 총탄이 빗발치듯 뒤쫓았다. 길을 잃은 총탄은 바위에 불꽃을 일으키며 파편을 튀겨 올렸다. 참모장 이장녕은 자신도 모르게 오금이 저리고 말았다.

"참모장님과 참모부장님을 엄호하라!"

뒤따르던 일본군이 흠칫했다. 먼저 물러난 북로군정서군의 역습이 거셌기 때문이다. 불을 뿜는 총구에 나무도 바위도 산산이 부서졌다. 주춤 물러난 일본군은 그 자리에 납작 엎드렸다. 그 사이 참모장 이장녕과 참모부장 나중소는 죽을힘을 다해 뛰었다.
"물러나라. 그만 물러나라!"
북로군정서군은 그렇게 물러나고 대응하기를 반복하며 후퇴를 거듭했다. 그러나 기관총부대원의 절반 이상이 이미 희생되고 난 뒤였다.

기관총부대는 우측의 사령관 진지에 합류했다. 그러나 백야 김좌진은 이미 좌측을 지원하기 위해 자리를 뜨고 없었다. 상황을 둘러보니 참담하기 그지없었다. 일본군이 산을 온통 뒤덮으며 올라오고 있었던 것이다. 게다가 야포부대에서 또 다시 펑펑 포를 쏘아대기 시작했다. 여기저기에서 북로군정서군의 신음소리와 비명소리가 들려오기 시작했다. 위기였다. 참모장 이장녕에게는 이제 악밖에 남지 않았다. 흰 이를 드러냈다.

"그래, 오늘 이 자리에서 죽는 것이다. 무엇이 두려우랴!"
이장녕은 이를 악물고 총을 들었다.
"이 자리를 나의 무덤으로 삼을 것이다. 조국의 독립을 위한 무덤 자리다. 각오하고 나를 따르라!"

참모장 이장녕을 따라 북로군정서군은 방아쇠를 당겼다. 천리봉 팔부능선에서 일시에 불이 뿜어졌다. 불벼락이었다. 산을 무너뜨리는 소리도 들려왔다. 수류탄이 터지고 기관총이 달아올랐다. 잠시 일본군의 기세가 꺾였다. 물밀듯이 밀려들던 기세가 주춤해진 것이다. 그러나 그것도 잠시, 일본군이 또 다시 파죽지세로 몰려들기 시작했다. 먼저 연성대 장교 이민화와 한건원의 진지가 있는 오른쪽 산등성이가 위험해졌다.

"이 동지, 서쪽을 맡으시오. 내가 북쪽을 맡으리다."

"알겠소, 동지."

연성대장 이민화와 한건원은 부대를 둘로 나눴다. 그러고는 각각 서쪽과 북쪽을 맡았다. 그러나 역시 중과부적이었다. 새까맣게 밀려드는 일본군에 삽시간에 무너져 내리고 말았다. 수적 열세를 극복하지 못한 것이다. 게다가 집중포화는 견디기 어려운 것이었다. 일본군 야포부대가 가까이 있던 이민화와 한건원의 부대를 먼저 목표로 삼았던 것이다.

"물러나라! 거기 있다가는 모두 개죽음을 당하고 만다."

참모장 이장녕은 아래 산등성이에 있던 이민화와 한건원에게 소리쳤다. 그러나 그 소리가 전해질 리 만무했다. 급한 이장녕은 또 다시 외쳤다.

"가서 물러나라고 전하라!"

곁에 있던 부관 선병선이 바람같이 뛰쳐나갔다. 총알이 빗발치고 있었다.

"부관을 엄호하라!"

참모장 이장녕의 명령에 북로군정서군의 총탄이 일시에 선병선을 엄호했다. 발 아래로 총탄이 튀고 흙먼지가 피어올랐다. 바짓가랑이로 따끔한 돌도 튀었다. 사선을 넘는 달리기였다. 선병선은 이를 악물고 내달렸다. 모자가 날아갔다. 군화도 벗겨졌다. 기우뚱 몸이 기우는 순간 적의 총탄이 선병선의 가슴을 꿰뚫었다. 부관 선병선은 그만 헛바람을 켜고 말았다. 그러고는 산비탈로 몸을 굴렸다.

"선 동지!"

이장녕의 눈에 불이 켜졌다. 늘 함께 하던 부관이었다. 눈물도 나오지 않았다. 뒹굴고 있는 선병선을 멍하니 바라보았다. 먼지가 가라앉는 가운데 선병선의 몸은 꼼짝도 하지 않았다. 그제야 눈물이 흘러내렸다.

"동지, 내가 원수를 갚아주리다."

이번에는 곁에 있던 참모 박연식이 총을 들었다. 그러고는 진지에서 일어섰다. 말릴 겨를도 없었다. 그러나 그 순간 박연식의 몸이 고꾸라지고 말았다. 적의 총탄 수십 발이 일시에 참모 박연식의 몸을 꿰뚫었던 것이다. 장렬한 죽음이었다.

"박 동지."

곳곳에서 달려들어 참모 박연식을 끌어안았다. 그러나 이미 박연식은 숨을 거두고 난 뒤였다.

"이 동지, 물러납시다."

한건원은 이민화를 향해 후퇴를 제안했다.

"그럽시다. 중과부적이오."

곧이어 한건원은 후퇴 명령을 내렸다. 산등성이에서 일제히 북로군정서군이 몸을 일으켰다. 그러고는 서로를 엄호하며 뒤로 물러났다. 그러나 쓰러지는 병사들이 속출했다. 노출된 몸이 표적이 되고 말았기 때문이다. 그렇다고 몸을 돌려 달아날 수도 없었다. 그랬다가는 모두 몰살을 당하고 말 것이기 때문이었다. 순식간에 이민화, 한건원 중대의 반 이상이 쓰러지고 말았다. 위기의 순간이었다. 그때 산등성이 아래 일본군이 우왕좌왕하며 혼란에 빠져드는 모습이 눈에 들어왔다.

"저건?"

한건원이 먼저 물었다.

"지원군이요. 우리 독립군 같소."

이민화의 입에서 기쁨에 찬 목소리가 터져 나왔다.

"그렇다면 물러설 것이 아니지 않소?"

"아무렴요. 밀고 나가야지요."

주춤한 일본군에 힘을 얻은 한건원과 이민화는 다시 공격 명령을 내렸다.

"공격하라! 지원군이 왔다. 물러나지 말고 공격하라!"

이민화는 목청껏 소리쳤다. 한건원도 함께 외쳐댔다.

"힘을 내라! 적이 혼란에 빠져들었다."

파죽지세로 밀려들던 아즈마 부대 일본군은 순식간에 혼란에 빠져들고 말았다. 앞뒤로 적을 맞고 말았기 때문이다.
"뭐냐? 어찌된 것이냐?"
아즈마 부대의 가노 대좌는 연이어 외쳐 물었다. 신경질적인 목소리에는 당황함이 역력히 묻어나 있었다. 그러나 누구 하나 선뜻 대답하지를 못했다. 상황이 파악되지 않고 있기 때문이었다. 그러나 확실한 것은 누군가 북로군정서군을 지원하기 위해 나타났다는 것이었다. 당황한 가노 대좌는 재빨리 대열을 재정비하라는 명령을 내렸다.
"본대를 둘로 나눠라! 앞뒤로 적을 막아라!"
순식간에 아즈마 부대는 사방으로 적을 맞는 형국이 되고 말았다. 더구나 뒤에서 나타난 적은 파죽지세로 아즈마 부대를 유린하고 있었다. 가노 대좌의 눈에서 불꽃이 튀었다. 손수 기마병을 거느리고 뒤쪽으로 달려갔다. 전장은 순식간에 아수라장이 되고 말았다.
"대좌님, 놈들은 대한독립군입니다. 홍범도의 깃발이 보입니다."
"아사쿠라, 기마대는 계곡으로 들어오는 적을 막아라. 놈들이 계곡 안으로 들어서게 해서는 안 된다."
"알겠습니다, 대좌님."
가노 대좌는 홍범도의 대한독립군이 계곡 안으로 들어서면 자기네가 더욱 위험해진다는 것을 잘 알고 있었다. 산악에서 앞뒤로 적을 맞는 것이 얼마나 위험한 일인가를 너무나도 잘 알고 있었던 것이다. 그래서 아사쿠라 기마대에 대한독립군이 계곡 안으로 들어오지 못하게 하라고 명령한 것이다.

"대일본제국의 충성스런 기마대여, 나를 따르라!"

아사쿠라는 기마대를 이끌고 바람처럼 계곡을 향해 달렸다. 계곡을 무너뜨릴 듯한 말발굽 소리가 지축을 울려댔다. 먼지도 구름처럼 일었다. 누런 먼지가 곧 계곡을 뒤덮었다.

그러나 대한독립군의 홍범도는 이미 계곡 양쪽에 대원들을 매복시키고 난 뒤였다. 아사쿠라 기마대가 다가오자 총탄을 빗발치듯 쏟아내기 시작했다. 총탄의 유성우가 불벼락처럼 쏟아졌다. 그러자 아사쿠라 기마대가 대책 없이 고꾸라지기 시작했다. 말이 넘어지고 사람이 나뒹굴었다.

"한 놈도 남기지 마라. 모조리 쓸어버려라!"

계곡의 양쪽에서 일본군을 쓸어버리라는 외침이 연이어 들려왔다. 살육의 장이 펼쳐졌다. 총탄과 수류탄, 그리고 야포까지 총동원되어 아사쿠라 기마대를 유린해댔던 것이다. 피가 튀고 살이 튀었다. 말이 울부짖는 소리와 사람의 신음소리, 그리고 비명소리로 계곡은 가득 채워졌다.

"벗어나라! 함정이다!"

아사쿠라는 그제야 사태의 심각성을 깨달았다. 그러나 이미 늦었다. 앞으로 나아가지도 뒤로 물러나지도 못할 상황에 처하고 말았던 것이다. 누런 먼지 속에 대한독립군의 총탄은 한 치의 사정도 봐주지 않았다. 말과 사람을 하나로 꿰뚫었던 것이다. 게다가 길 잃은 총탄마저도 가차 없이 일본군을 찾아내서는 요절을 내고 말았다.

상황이 이렇다 보니 아사쿠라 기마대는 대응, 아니 저항 한 번 제대로 해보지 못했다. 간혹 총을 들어 쏘아대기도 했지만 누런 먼지가 방향을 가늠하지 못하게 해 엉뚱하게도 자신들끼리 쏘아대는 형국이 되고 말았다.

무간지옥의 불벼락이 계곡을 뒤덮고 나서 서서히 먼지가 가라앉기 시작했다. 그리고 처참한 광경이 모습을 드러냈다. 갈가리 찢긴 말과 사람의 시체가 눈살을 절로 찌푸리게 했다. 대한독립군의 집중 사격에 그만 아사쿠라 기마대는 계곡의 입구를 벗어나도 못한 채 전멸당하고 말았던 것이다.

계곡의 안쪽에서 아사쿠라 기마대를 지켜보고 있던 가노 대좌는 그만 망연자실하고 말았다.

"아! 이게 대체 어찌된 일이란 말인가?"

가노 대좌는 깊은 탄식부터 터뜨려댔다. 그리고 그제야 오천여 명의 아즈마 부대가 쑥대밭이 되고 말 것이라는 불길한 생각이 머릿속을 지배하기 시작했다. 그러자 깊은 두려움이 가슴속에서 피어올랐다. 고개를 들어보니 천리봉 정상의 상황도 어느새 역전되어 있었다.

북로군정서군에 밀리며 산 아래로 물러서고 있었던 것이다.

"어떻게 한다? 물러나자니 치욕이요, 그대로 있자니 죽음을 면치 못할 것이다."

갈피를 잡지 못한 가노 대좌는 고개를 둘레거리며 앞뒤의 상황만을 주시했다. 그러나 이제 좋은 상황은 어디에서도 보이지 않았다. 앞도 뒤도 그저 암담할 뿐이었다.

* * *

북로군정서군 좌측의 백야 김좌진과 연성대장 이범석은 한순간 어리둥절해지고 말았다. 위기의 순간에 어디선가 나타난 독립군이 상황을 역전시키고 있기 때문이었다. 그러나 곧 정체를 알 수 있었다. 바람에 휘날리는 붉은 깃발을 보았던 것이다. 홍범도의 대한독립군 깃발이었다.

"대한독립군일세!"

백야 김좌진이 반가운 목소리로 외쳤다.

"홍범도 장군이군요!"

연성대장 이범석도 맞장구쳤다. 힘이 솟았다.

"대한독립군이 왔다. 힘을 내라!"

사령관 백야 김좌진은 목청껏 외쳐 대원들을 독려했다. 그러나 이미 북로군정서군의 대원들도 산 아래는 물론 산등성이 측면의 상황을 눈으로 지켜본 뒤였다.

북로군정서군은 더욱 힘을 얻어 방아쇠를 당겨댔다. 패배는 승리로, 두려움은 자신감으로, 공포는 쾌감으로 뒤바뀌었다. 이제 전세를 역전시킬 기회가 온 것이다. 먼저 좌측의 일본군이 산 아래로 밀려나고 북로군정서군이 치밀고 내려갔다. 이어 산등성이의 전세도 곧 회복되었다. 연성장교 이민화와 한건원이 일본군을 산등성이 아래로 몰아냈던 것이다.

산기슭과 산등성이 곳곳이 피를 흘리는 일본군의 시체로 가득했다. 피비린내가 바람을 타고 퍼졌다. 하늘 위로 검은 까마귀 떼가 몰려들었다. 불길한 날짐승은 하늘을 배회하며 전투가 끝나기만을 기다렸다. 여기저기에 널린 것이 모두 일본군의 시체였다.

새벽녘에 시작된 전투는 해가 지는 저녁까지 계속되고 있었다. 만주벌 아래로 해가 가라앉고 있었던 것이다.

"가노 대좌님, 전세가 무너졌습니다. 더 이상 버티다가는 몰살을 당하고 말 것입니다. 빨리 결정을 내리시는 것이……."

부관 하야시는 말을 마치기도 송구하다는 듯 다 잇지를 못했다. 가노 대좌는 이를 악물었다. 그러고는 이대로 질 수 없다는 듯, 그러나 내심은 어떻게든 살아남아야겠다는 생각에서 한마디 던지고 말았다.

"다음 기회를 본다. 물러나라! 이도구로 일단 물러난다."

일본군이 퇴각하기 시작했다. 후퇴 명령이 떨어진 것이다. 어둠이 대지를 물들이기 시작할 무렵 썰물이 빠지듯 일본군이 만주벌로 물러나기 시작했다. 구름이 일듯 누런 먼지가 대지를 휘감아댔다.

북로군정서군의 백야 김좌진은 그대로 두고 볼 수 없었다. 다 잡은 적을 그냥 놓아주기는 너무나도 아쉬웠던 것이다.

"쫓아라! 조국의 원수다. 한 놈도 남기지 마라!"

북로군정서군은 마지막 힘을 다해 일본군을 뒤쫓았다. 그리고 산 아래로 내려와 홍범도의 대한독립군과 합류했다.

"장군!"

"김 동지!"

백야 김좌진과 홍범도는 반가운 얼굴로 서로를 얼싸안았다. 두 사람은 총탄이 빗발치는 와중에도 한동안 깊게 끌어안았다. 화약 냄새가 온 몸에서 진동했다. 전쟁터의 내음이자 조국의 독립을 위한 향기였다.

"일단 놈들을 요절내고 보세나."

"알겠습니다, 장군."

북로군정서군의 백야 김좌진과 대한독립군의 홍범도는 달아나는 일본군을 추격했다. 전의를 상실한 일본군은 달아나기에만 급급했다. 이제 전투는 일방적인 살육이었다. 독립군 연합부대의 총탄에 일본군이 추풍낙엽처럼 쓰러졌다.

"오늘의 치욕을 결코 잊지 않을 것이다."

가노 대좌는 이를 악물었다. 그러나 그가 할 수 있는 것은 아무것도 없었다. 단지 목숨을 살리려 달아나는 것뿐이었다. 그러나 그것마저도 여의치 않았다. 어디선가 날아온 길 잃은 총탄을 그만 가슴에 맞고 말았던 것이다. 달리던 말에서 고꾸라진 그는 고통에 찬 얼굴로 주변을 둘러보았다. 그러나 그 누구도 쳐다봐주는 이는 없었다. 부관 하야시마저도 자신을 버린 채 달아났다.

"이런 죽일 놈들."

가노 대좌는 분노했다. 그 순간의 분노는 독립군에 대한 것이기보다는 상관인 자신의 위기를 보고도 외면한 채 달아나는 일본군에 대한 것이었다. 그리고 그 배신감은 컸다. 심지어 자신을 짓밟고 도망치는 부하들까지 있었다. 가노 대좌는 절망했다.

"대일본제국과 천황폐하에 충성을 다한 결과가 이것이란 말인가?"

그리고 마침내 자신이 지휘하던 기마대의 말발굽에 차여 숨을 거두고 말았다. 숨을 거두는 그 순간 가노 대좌는 이 먼 타국 땅에서 자신이 과연 누구를 위해 죽어야 하는가 하는 의문을 품게 되었다.

"전쟁은 최악이다. 나에게는 물론 너희들에게도."

가노 대좌는 죽음의 순간에 깨달았다. 사는 것이 얼마나 소중한 것인지, 그리고 죽음에 이르게 하는 전쟁이라는 것이 인간에게 얼마나 쓸데없는 짓인지를 깨닫게 되었다. 이어 마지막으로 중얼거렸다.

"살고 싶다!"

삶에 대한 강렬한 희구가 일었던 것이다. 그러나 때는 이미 늦어 있었다. 어둠이 세상을 내리덮고 있었던 것이다.

* * *

북로군정서군과 대한독립군의 연합부대는 어랑촌에서 대승을 거뒀다. 일본군을 무려 천여 명이나 사살하고 아즈마 부대 가노 대좌까지 잡는 성과를 거뒀던 것이다.

밤이 깊어서야 백야 김좌진과 홍범도는 다시 만남을 가졌다.

"이게 얼마 만인가?"

대한독립군의 홍범도는 반가움에 입을 다물지 못했다. 입가에 웃음이 가득했다. 사령관 백야 김좌진도 마찬가지였다.

"벌써 그렇게 되었습니다, 장군. 제가 처음 장군을 뵈었던 게 엊그제 같은 데 말입니다."

"조국의 독립도 이처럼 빨리 왔으면 좋겠네만."

홍범도의 조국에 대한 충정과 독립에 대한 열망은 때와 장소를 가리지 않았다. 덥수룩한 수염이 지나는 바람에 파르르 떨렸다.

"그러게 말입니다, 장군."

분위기가 가라앉으려 하자 곁에 있던 연성대장 철기장군 이범석이 끼어들었다.

"저희가 어려움에 처한 것은 어찌 알고 오셨습니까?"

연성대장 이범석의 물음에 그제야 홍범도가 다시 입가에 웃음을 띠었다.

"말도 말게나. 우리도 완루구에서 치열한 전투를 벌였다네."

"완루구에서요?"

"그렇다네. 대승을 거뒀지. 일본군 주력부대 사백여 놈을 작살내고 무기도 무려 이백여 정이나 거둬들였어."

홍범도의 말에 연성대장 이범석은 환호성까지 터뜨렸다.

"역시 장군이십니다."

사령관 백야 김좌진도 탄성을 질러댔다. 주변에 몰려 있던 독립군 연합부대가 만세를 불러대기 시작했다. 분위기는 달아올랐다.

"대한독립 만세! 북로군정서군 만세! 대한독립군 만세!"

만세소리는 천리봉을 흔들고 만주벌을 넘어갔다. 이어 홍범도의 무용담이 이어졌다.

4. 봉오동 전투

1920년, 신록이 무르익어가는 초여름이었다. 홍범도는 최진동 부대와 함께 북간도 화룡현의 삼둔자(三屯子)를 출발해 두만강을 건넜다. 함경도 종성의 강양동에 주둔하고 있던 일본군 헌병의 국경초소를 습격하기 위해서였다.

철벅철벅 물소리마저 반가웠다. 조국의 물소리였기 때문이다. 홍범도는 허리를 굽히고는 거친 손을 뻗어 맑은 물을 벌컥벌컥 들이켜 댔다. 성긴 수염 사이로 맺힌 물방울이 맑은 구슬만 같았다.

"저 산만 넘으면 된다. 서두르자!"

눈을 부릅뜬 채 이를 악문 홍범도는 총을 움켜쥐고는 다시금 발길을 서둘렀다. 초여름 햇살이 싱그러운 두만강 강가였다. 멀리 정겨운 어린아이들의 때이른 물놀이도 눈에 들어왔다. 시절에 어울리지 않는 한가로움이었다. 홍범도는 그런 여유를 조국에 되찾아 주리라 다짐했다. 자신을 불살라서라도 조국에는 어떻게 하든 그런 여유와 행복을 안겨 주리라 다짐했던 것이다.

홍범도를 선두로 한 대한독립군은 거칠고 험한 산을 넘었다. 그러고는 마침내 일본군 헌병대가 주둔하고 있는 초소에 다다랐다.

푸르러가는 잎사귀 사이로 일본군 헌병들이 오락가락하고 있었다. 초소를 지키고 있던 헌병들 사이에 무언가 이야기를 나누는 모습도 눈에 들어왔다.

"장군, 좀 더 가까이 내려갈까요?"

최진동의 물음에 홍범도는 고개를 좌우로 흔들었다.

"좀 더 살펴보세. 놈들이 얼마나 되는지 정확히 파악한 후 작전을 세우도록 하세나."

"소대 규모이니 많아야 오십일 겁니다."

최진동은 그냥 들이치자는 의견이었다. 그러나 홍범도는 신중했다. 다시 한 번 고개를 좌우로 흔들어댔다. 그러고는 세심히 살폈다. 막사를 오고가는 일본군 수를 가늠했던 것이다. 그러나 최진동의 말처럼 오십을 넘지는 않았다.

"수적으로는 같습니다. 그냥 해볼 만합니다."

최진동의 재촉에 홍범도는 신중하게 입을 열었다.

"해가 지면 습격하도록 하세나. 자네는 이쪽에서 내려가도록 하게. 나는 저쪽으로 돌아 내려 가겠네."

홍범도의 말에 최진동이 의아한 얼굴로 입을 열었다.

"어두워지면 돌아 가기 어렵습니다. 더구나 인근에 저들의 본거지가 있습니다. 속히 치고 빠지는 것이……."

"서둘러서 일을 그르치는 것보다는 신중을 기해 성공하는 것이 낫네. 기다리세나."

홍범도의 단호한 말에 최진동도 더 이상 이의를 제기하지 않았다. 그리고 해가 지기를 기다렸다. 깊은 계곡의 어둠은 생각보다 빨리 찾아들었다.

해가 지자 이내 칠흑 같은 어둠이 내려앉았다. 초소에 불도 밝혀졌다. 짙은 어둠 속의 불빛은 대한독립군에 훌륭한 조력자가 되어주기까지 했다. 표적이 선명하게 드러나게 해주었던 것이다. 마침내 맑은 총소리가 계곡을 한바탕 울리더니 초소에 서있던 일본군 헌병이 그대로 고꾸라지고 말았다. 이어 계곡을 수놓는 초저녁의 불꽃놀이 만찬이 시작되었다. 화약 냄새와 피비린내가 진동하는 총탄의 만찬이 펼쳐졌던 것이다. 여기저기에서 일본군이 비명소리와 함께 고꾸라지고 쓰러졌다.

"적의 습격이다. 불을 꺼라!"

헌병대 소대장 니시무라가 목청껏 외쳤으나 소용없는 일이었다. 속수무책이었던 것이다. 당황한 헌병대는 막사에서 뛰쳐나오기에 바빴고 나오는 즉시 대한독립군의 표적이 되고 말았다. 굶주린 총탄은 일본군을 먹이 삼아 허공의 피울음으로 배를 불렸다. 설상가상으로 최진동이 이끄는 대한독립군이 막사로 다가와 수류탄까지 투척해댔다. 계곡이 무너지는 듯 폭음이 작렬하고 일본군 헌병대 막사가 통째로 날아갔다.

"한 놈도 남기지 마라!"

사기가 오른 대한독립군은 이제 엄폐물에서 나와 초소로 다가갔다. 일본군은 전의를 상실한 채 구석에 웅크리고 숨거나 어둠 속으로 달아났다. 이제 전투가 아니었다. 일방적인 살육이었다. 대한독립군의 총탄만이 깊은 계곡에 피울음을 울리며 일본군 사냥에 열중하고 있었던 것이다. 전투는 그것으로 끝이었다. 생각보다 싱겁게 끝났다.

대한독립군은 비열하게 목숨을 구걸하는 일본군을 한자리에 모았다.

"이놈들을 어떻게 할까요?"

최진동이 묻는 말에 홍범도는 단호히 잘라 말했다.

"조국을 욕보인 놈들이네. 무얼 더 망설이겠는가?"

대답과 동시에 대한독립군의 총구에서 다시 불이 뿜어졌다. 포로로 잡힌 일본군 십여 명이 그 자리에서 불귀의 객이 되고 말았다.

"빨리 이곳을 벗어나야 합니다. 놈들의 지원군이 곧 도착할 겁니다, 장군."

최진동의 재촉에 홍범도도 고개를 끄덕였다.

"가세."

짧은 대답과 동시에 홍범도는 대한독립군을 이끌고 다시 신속하게 계곡을 벗어났다. 산등성이에 올라 아래를 내려다보니 뱀의 몸뚱이처럼 기다란 불빛이 계곡 안으로 바삐 움직이고 있었다. 일본군 지원대가 달려오고 있었던 것이다.

이 일을 계기로 일본군은 독립군에 대한 대대적인 소탕작전에 돌입했다. 그렇지 않아도 독립군의 잦은 국내진입 작전과 활발한 활동에 대응하는 조치를 취하고 있던 차에 이런 습격을 받고 나자 본격적으로 나서지 않을 수 없었던 것이다. 일본군은 즉시 남양수비대(南陽守備隊)의 일개 중대를 급파했다. 반격전을 펼치고자 했던 것이다.

대한독립군 사령부도 즉시 대책을 마련했다.

"이화일 동지!"

홍범도는 소대장 이화일을 불렀다.

"예, 장군. 명령만 내려주십시오."

눈빛이 이글거리며 불타오르고 있었다.

"이번에는 동지가 좀 나서주어야겠소."

홍범도의 말에 이화일은 얼굴이 밝아졌다.

"믿고 맡겨주시니 감사할 따름입니다, 장군."

"적은 중대급이라 하오."

적군의 수를 이야기하고 있지만 실은 어떻게 물리칠 것인지를 묻는 말이었다. 이를 모를 리 없는 이화일이었다.

"소대원을 이끌고 가 봉화리에 매복해 있다가 놈들을 유인해 괴멸시키도록 하겠습니다. 정면대결은 위험할 것 같습니다."

이화일의 말에 홍범도의 얼굴이 비로소 밝아졌다.

"같은 생각이오. 역시 동지의 마음은 나와 통하는 곳이 있소."

말끝에는 껄껄웃음까지 터뜨렸다.

"그럼 잠시 다녀오겠습니다."

말을 마친 이화일은 듬직한 얼굴로 사령부를 빠져나갔다. 이어 홍범도도 전열을 정비했다. 여차하면 뒤쫓아 갈 심산이었다.

삼둔자 서남쪽 봉화리에 매복해 있던 소대장 이화일은 자신이 직접 일본군을 유인해 들이기로 작정했다. 매복해 있던 고지에서 계곡 아래 길로 내려가고자 했던 것이다.

"나를 따라 함께 내려갈 대원 없는가?"

소대장 이화일의 한마디에 여기저기에서 아우성이 일었다.

"제가 가겠습니다."

"저도 함께하겠습니다."

이화일은 흐뭇했다. 서로 가겠다고 나서는 바람에 선택의 갈등마저 있었다.

"좋다. 그대들의 용기와 충정이 오늘의 승리를 예감하게 하기에 충분하다. 모두들 함께하고 싶으나 각자 맡아야 할 일이 있기에 오늘은 네 명만 함께한다. 김 동지와 한 동지, 그리고 손 동지, 박 동지가 함께 내려간다. 나머지에게는 다음에 반드시 기회를 줄 것이다."

이화일의 결정에 소대원들은 묵묵히 따랐다. 더 이상 이의를 제기하지 않았던 것이다.

소대장 이화일은 네 명의 대원을 데리고 계곡 아래로 내려갔다. 그러고는 짙푸른 관목에 몸을 숨기고 일본군을 기다렸다. 간간이 들리는 새소리만이 계곡의 고요함을 들깨우고 있었다. 햇살은 따가웠다.

멀리 계곡의 입구에서 총을 든 일본군 선발대가 모습을 드러냈다. 긴장되는 순간이었다. 일본군 선발대는 주위를 경계하며 서서히 계곡 안으로 들어섰다.

"사격을 준비해라. 중대장을 표적으로 삼는다."

소대장 이화일이 말을 마치기가 무섭게 말을 탄 중대장이 모습을 드러냈다. 중대장 이시무라였다.

"좀 더 기다린다. 가까이 올 때까지 기다린다."

소대장 이화일의 목소리에 긴장감이 묻어났다. 대원들의 얼굴에도 땀이 흘러내렸다. 따가운 햇살 때문만은 아니었다.

이윽고 소대장 이화일의 총구에서 불이 뿜어졌다. 그와 동시에 곁에 있던 대원들의 총구에서도 불이 뿜어졌다. 순간 일본군이 흩어졌다. 바닷물이 갈라지듯 좌우로 흩어졌던 것이다.

"물러난다. 놈들을 적당히 유인해라."

소대장 이화일을 따라 대원들은 총을 쏘면서 뒤로 물러났다. 멀리도 아니고 가까이도 아닌 적당한 거리를 유지한 채 일본군을 유인해 냈던 것이다. 그러자 중대장 이시무라는 아무런 의심 없이 뒤쫓아왔다. 게다가 독립군의 수가 적음을 확인하고는 얕보기까지 했다.

"겨우 그까짓 몇 놈으로 우리 중대를 막으러 나왔단 말인가?"

말을 마치고는 껄껄 웃기까지 했다. 그러나 그것이 무덤으로 들어가는 길이라는 것을 그는 알지 못했다.

이화일이 계곡 쪽 언덕을 오르자 뒤쫓아온 일본군 중대는 마침내 매복한 대한독립군의 코밑에 다다르게 되었다. 그리고 그때였다.

"사격 개시!"

쩌렁쩌렁한 외침이 계곡을 울리는 동시에 매복한 대한독립군이 일제히 방아쇠를 당겼다. 총탄이 빗발치고 폭음이 계곡을 갈랐다.

"물러나지 말고 맞대응하라!"

일본군 중대장 이시무라가 이를 악물고 외쳤으나 소용없는 일이었다. 순식간에 당한 기습에 그만 속수무책으로 당할 수밖에 없었던 것이다. 쓰러지는 중대원이 부지기수였다. 코를 땅에 처박은 채 숨는 일본군도 있었고 몸을 돌려 달아나는 일본군도 있었다. 간간히 맞대응하는 일본군도 보였으나 역부족이었다. 머리 위로 쏟아져 내리는 총탄과 수류탄을 당해낼 수가 없었던 것이다. 곳곳에서 비명과 신음소리가 쏟아져 나오고 계곡 아래는 그야말로 창졸지간에 아비규환의 아수라장으로 변해 버리고 말았다.

"한 놈도 살려두지 마라. 쓸어버려라!"

승리를 확신한 소대장 이화일은 상체까지 드러낸 채 방아쇠를 당겨댔다. 엄폐물에서 나와 조준사격을 감행한 것이다. 소대장 이화일의 목숨을 돌보지 않는 투지에 대한독립군은 더욱 힘을 얻었다. 하나같이 용맹하게 일본군을 사살해댔던 것이다.

"중대장님, 도저히 안 될 것 같습니다."

부관 하시모토의 말에 이시무라는 이를 악문 채 고개를 끄덕이고 말았다.

"물러나라!"

결국 후퇴 명령을 내리고 만 것이다.

"일단 물러난다. 계곡을 벗어나라!"

연이은 후퇴 명령이 일본군 진영에서 쏟아져 나왔다. 이어 기회를 엿보던 일본군들이 하나둘씩 계곡을 빠져나가기 시작했다. 대한독립군도 계곡 아래로 발길을 옮겼다. 달아나는 일본군을 쫓기 위해서였다.

계곡을 붉은 피로 물들이는 총탄 세례와 매캐한 화약 냄새는 사람을 흥분시켰다. 피의 제전을 독촉했던 것이다. 대한독립군은 달아나는 일본군을 무자비하게 사살했다. 곳곳에서 비명과 신음소리가 난무했다. 그러나 대한독립군의 총탄은 사정이 없었다. 하나도 남김없이 쓸어버렸던 것이다.

소대장 이화일은 마침내 계곡 입구를 앞에 두고 손을 들었다. 뒤쫓기를 제지하기 위해서였다.

"그만 쫓아라. 물러나라!"

이화일의 명령에 대한독립군은 일사불란하게 물러났다. 일본군은 계곡 밖으로 꼬리가 빠지게 달아나고 있었다. 그 모습을 지켜보는 이화일의 입가로 미소가 번졌다.

"계속 뒤쫓았다가는 놈들의 본대와 맞부딪힐 수 있다. 이쯤 하고 물러난다."

"이제는 감히 함부로 나서지 못하겠지요?"

"그렇지 않다. 놈들의 본대가 곧 도착할 것이다. 돌아가 대책을 마련해야 한다."

말을 마친 이화일은 일본군 중에서 살아남은 자를 찾았다. 다행히 달아나지 못한 부상자가 몇 명 있었다. 이화일은 그들을 통해 일본군에 관한 정보를 상세히 캐낼 수 있었다.

소대장 이화일은 점고를 마치고는 곧 발길을 돌렸다.

대한독립군은 육십여 명의 일본군을 사살했다. 부상자는 부지기수였다. 반면에 대한독립군은 단 두 명의 전사자만 냈을 뿐이었다.

대승을 거둔 것이다.

  첫 전투에서 승리를 거둔 대한독립군은 사기가 올랐다. 그러나 그도 잠시, 일본군 소좌 야스가와가 보병부대와 기관총부대를 갖춘 1개 대대 규모의 병력을 이끌고 온다는 소식에 그만 아연 긴장하지 않을 수 없었다. 예상은 했지만 생각지 못한 대규모 군대였다.

  "수적으로 열세이니 먼저 고지를 점령하고 적을 맞는 것이 좋을 것 같네."

  홍범도의 말에 이화일이 나섰다.

  "일단 안산(安山)으로 퇴각하는 것이 좋을 듯싶습니다."

  "좋은 생각입니다. 저도 같은 생각입니다."

  최진동도 동의를 표하고 나섰다. 홍범도는 고개를 끄덕였다.

  "그렇게 하세. 그곳에서 수세를 취하다가 상황을 봐 정면대결을 하도록 하세나."

  대한독립군은 전열을 정비하고는 안산으로 물러났다. 그러고는 고지를 점령한 채 일본군을 기다렸다.

  6월 7일 새벽 야스가와 부대가 안산에 도착했다. 그러나 마을은 텅 비어 있었다. 야스가와는 자신들이 두려워 대한독립군이 달아난 줄 알고 아무런 대책도 없이 행군을 계속했다. 수적 우세만을 굳게 믿었던 것이다. 그리고 마을 뒤쪽에 다다라서야 비로소 불안함이 엄습해 옴을 느꼈다. 좌우로 펼쳐진 검은 언덕이 섬뜩했던 것이다. 어슴푸레한 새벽녘의 검은 언덕은 마치 도사리고 있는 뱀의 똬리처럼만 느껴졌다. 그리고 그 불안함은 틀리지 않았다. 곧 불행으로 닥쳐왔다. 무자비한 총탄 세례를 받고 말았던 것이다.

새벽녘을 울리는 한 발의 총성을 시작으로 안산은 곧 사신(死神)의 땅이 되고 말았다. 말의 울부짖음과 혼란에 빠진 일본군의 아우성이 새벽하늘을 가득 메웠다. 기습을 받은 일본군은 우왕좌왕하며 갈피를 잡지 못했다. 더구나 검은 어둠은 적을 파악하지도 못하게 했다. 그저 일방적으로 당해야만 했다. 그럼에도 무모한 야스가와는 대일본제국 천황폐하의 군대라는 자존심만으로 맞서려 했다.

"위를 봐라! 적은 고지에 있다."

연이어 외쳐대며 방아쇠를 당겼다. 다행히 동녘으로 푸르스름하게 새벽이 열리고 있었다. 사방이 분간이 되자 야스가와는 더욱 소리쳐댔다.

"놈들은 수적으로 불리하다. 언덕으로 올라가라!"

그러나 총탄이 빗발치듯 쏟아지고 있는 언덕으로 오르기란 사실상 불가능한 일이었다. 누구 하나 먼저 나서려는 자도 없었다. 그러는 사이 안산 뒤쪽으로는 일본군의 붉은 피가 내를 이뤘다. 쓰러진 일본군 시신으로 땅이 뒤덮일 정도였다. 이를 악문 야스가와는 눈에 불을 켰다.

"이런 조센징들이."

그때 니이미 중대가 합류해 왔다. 뒤늦게 도착한 니이미 중대가 지원에 나섰던 것이다. 그러나 고지를 선점한 대한독립군에 수적으로만 우세한 것으로 전세를 뒤집기는 어려운 일이었다. 쓰러지는 일본군에 전사자만 더 보태는 결과를 가져올 따름이었다.

"야스가와 소좌님, 일단 물러나는 것이 좋을 것 같습니다."

니이미 중대장의 말에 야스가와도 결국 고개를 끄덕이지 않을 수 없었다.

"일단 사정거리를 벗어난다. 그후에 다시 생각해 보자."

눈물을 머금고 야스가와는 후퇴 명령을 입에 올렸다.

"후퇴하라. 마을 안쪽으로 물러나라!"

니이미 중대장의 명령에 일본군은 썰물이 빠져나가듯 물러났다. 그 사이 홍범도도 재빨리 대한독립군에 후퇴를 명령했다.

"고려령(高麗嶺)으로 물러난다. 서둘러라!"

대한독립군은 안산을 벗어나 고려령으로 후퇴했다. 그러고는 그곳에서 또 다시 매복을 하고 일본군을 기다렸다.

야스가와는 대한독립군이 안산을 벗어나 달아났다는 말에 야마자키 중대장을 불렀다.

"당장 쫓아라. 가서 한 놈도 남기지 말고 몰살시켜라!"

명령을 받든 야마자키는 중대원을 거느리고 곧장 대한독립군을 뒤쫓았다.

야마자키가 고려령 서쪽에 도착했을 때는 대한독립군이 이미 북쪽과 동북쪽에서 매복을 마친 채 일본군을 기다리고 있는 중이었다. 독립군을 뒤쫓기에만 급급했던 야마자키는 매복이라는 것은 꿈에도 생각지 못했다. 거침없는 발길로 그만 죽음의 길로 들어서고 만 것이다.

"탕!"

고갯마루에서 총소리가 울렸다. 또 다시 무자비한 살상의 신호탄이 쏘아 올려진 것이다. 이어 불벼락 같은 유성우가 쏟아져 내렸다. 대일본제국을 모욕하는, 천황폐하를 유린하는 대한독립군의 총탄 세례였다. 일본군은 순식간에 쓰러졌다. 가슴에 피꽃을 피우며 낯선 땅 고려령에 몸을 눕혔다. 순간 야마자키는 얼마 전 있었던 치욕과 패배를 떠올렸다. 그리고 그제야 자신의 어리석음을 후회했다. 그러나 때는 이미 늦어 있었다.

"엄폐물에 몸을 숨겨라!"

바위에 몸을 의지한 채 야마자키는 소리쳤다. 그러나 사방에서 날아드는 총탄에 무방비상태로 놓인 일본군은 속수무책이었다. 머리에 총을 맞는가 하면 가슴에 총탄을 안은 채 쓰러져갔다. 첫 총성이 울린 지 얼마 지나지 않아 야마자키 중대의 절반 가까이가 목숨을 잃고 말았다. 야마자키는 망연자실하고 말았다.

"후퇴하라. 뒤로 물러나라!"

야마자키는 결국 살아남은 부하들을 이끌고 뒤로 물러나지 않을 수 없었다.

"네놈들을 반드시 잡고야 말 것이다."

야마자키는 분노한 얼굴로 이를 갈았다.

안산과 고려령 전투에서 일본군은 무려 백이십여 명의 전사자를 내고 말았다. 참패를 당했던 것이다. 야스가와는 주먹을 부르쥐었다. 어떻게든 독립군을 몰살시키고야 말겠다는 다짐을 했던 것이다.

연이은 대승에 대한독립군은 사기가 충천했다. 무슨 일이든 이루고 말 기세였다. 대원들의 자신감에 참모들 또한 고무되었다. 다음 작전을 부담 없이 준비할 수 있기 때문이었다. 그리고 홍범도의 작전이 다시 펼쳐졌다.

"이번에는 놈들을 모조리 쓸어버린다. 봉오동으로 가세나!"

봉오동이란 말에 최진동도 무릎을 쳤다.

"묘책이십니다. 거기라면 크게 한판 벌일 수 있지요."

참모들도 모두 이구동성으로 찬동을 표했다.

봉오동은 두만강에서 사십여 리의 거리에 있었다. 고려령의 험준한 산줄기가 마치 병풍처럼 둘러쳐져 있었고 깊은 계곡은 수십 리에 걸쳐 뻗어 있었다. 때문에 독립군 근거지의 한 곳이기도 했다. 더구나 봉오동의 상촌에는 독립군의 훈련장이 있기도 했다.

홍범도와 최진동은 봉오동에 도착해 작전 준비에 들어갔다. 제1

중대는 이천오를 중대장으로 삼아 상촌 서북쪽에 매복하게 했다. 제2중대는 강상모를 중대장으로 삼아 동쪽 고지를 선점하게 했다. 제3중대는 강시범을 중대장으로 삼아 북쪽 고지에, 제4중대는 조권식을 중대장으로 삼아 서산의 남단 밀림 지대에 각각 매복하게 했다. 최진동은 사령관을 맡고 홍범도는 두 개 중대를 직접 인솔하여 연대장이 되었다.

대한독립군은 긴장된 눈빛으로 일본군을 기다렸다. 푸르러가는 잎사귀가 순백의 줄기와 함께 자작나무의 고귀함을 은은히 드러내고 있었다. 참으로 전쟁과는 어울리지 않는 아름다운 풍경이었다. 인간 홍범도는 적군의 탐욕에 고개를 절레절레 흔들었다. 부질없는 욕심이 사람을 이렇게 고난 속으로 밀어넣고 있었다. 평화와 안녕이 간절히 그리웠다. 그러면서도 지금의 힘겨움도 그것을 위해서라면 참아야 한다고 되뇌었다. 그러고는 눈길을 자작나무 사이로 오락가락하는 가느다란 산길에 두었다. 싱그러움이 깊어가는 계절, 여름이었다.

드디어 야스가와 소좌가 이끄는 일본군 본대가 봉오동으로 들어서기 시작했다. 긴 뱀의 몸뚱어리처럼 일본군의 행렬은 끊임없이 이어졌다. 말을 탄 야스가와 소좌와 부관들, 그리고 보병부대와 기관총부대까지 그야말로 장사진을 펼치고 있었다.

홍범도의 손에 땀이 쥐어졌다. 새소리 하나 들리지 않는 고요함 속에 일본군의 저벅거리는 발자국 소리만이 계곡을 울려대고 있었다. 가끔씩 불어오는 푸른 바람이 손에 밴 땀을 식혀주었다. 서남산 중턱에 매복하고 있던 홍범도는 일본군 주력부대가 무사히 봉오동으로 들어설 때까지 기다렸다. 그리고 긴 뱀의 꼬리가 사려지자 마침내 총성이 울렸다.

"탕!"

봉오동을 무너뜨리는 소리였다. 이어 천둥이 울리듯, 우레가 터지듯 굉음을 내며 봉오동이 무너져 내렸다. 또 다시 기습을 당한 일본군은 아연실색하고 말았다. 동쪽은 물론 서쪽과 북쪽 삼면에서 일제히 쏟아져 내리는 총탄에 일본군은 넋이 나가고 말았다. 갈팡질팡하며 어쩔 줄 몰라 했다. 야스가와는 머릿속이 하얗게 비워졌다. 그리고 순간, 말에서 재빨리 뛰어내렸다. 그냥 있다가는 표적이 될 것이 뻔했기 때문이다. 야스가와는 엄폐물을 찾아 잽싸게 몸을 날렸다. 가까운 곳의 움푹 파인 웅덩이였다. 야스가와는 웅덩이 안에서 놀란 꿩처럼 고개를 처박은 채 소리쳤다.

"사격하라. 대응사격하라!"

다행히 수적으로 우세한 일본군이 곳곳에서 맞서기 시작했다. 계곡 위를 향해 총을 쏘아대기 시작한 것이다.

봉오동 계곡 안은 이내 빗발치는 총탄으로 가득 찼다. 화약 연기가 자욱하게 피어오르고 비명과 신음소리로 가득 채워졌다.

"조국의 원수들이다. 한 놈도 남기지 마라!"

홍범도는 목이 터져라 외쳤다. 일본군 본대를 계곡에 가뒀으니 이제 끝장을 봐야겠다는 것이었다. 최진동도 마찬가지였다. 일본군이라면 누구보다도 이를 갈아대던 그였다. 가만있을 리 없었다.

"계곡을 메워라. 놈들의 시신으로 가득 메워라!"

외치면서도 연신 수류탄을 던져댔다. 호를 그리며 계곡 아래로 날아간 수류탄은 굉음과 함께 여지없이 일본군을 산산이 찢어놓았다. 그도 모자랐던지 최진동은 기관총을 들었다. 높은 고지에서 아래를 향해 무차별적으로 갈겨대는 기관총은 일본군을 가랑잎처럼 쓸어버렸다. 마치 저승의 야차가 지상으로 올라온 듯 무자비한 최진동의 모습에 독립군은 사기가 올랐다. 사령관이 모범을 보이자 독립군은 더욱 힘을 얻었다. 계곡 아래의 일본군은 산산이 흩어지고 무너졌다. 수적으로 우세한 것도 무용지물이 되고 말았다.

사방 하늘가에서 쏟아져 내리는 총탄과 폭음에 넋을 잃고 있던 야스가와는 정신이 번쩍 들었다. 이러다가는 자신도 이곳에 뼈를 묻고 말 것이라는 위기감이 일었던 것이다.

'이러다 죽고 말겠다. 안 되겠다.'

야스가와는 웅덩이를 빠져나와 뒤로 달렸다. 사지(死地)를 피해 달아났던 것이다. 그러나 사방이 이미 포위당한 형국이어서 소용없는 일이었다. 머리를 땅에 처박은 채 달아나던 그의 앞으로 다행히도 가미야 중대장과 나카니시 소대장이 나타났다. 이들은 대열을 유지한 채 대한독립군에 맞서고 있던 중이었다. 그나마 뒤쪽에 있던 가미야 중대는 대오를 갖출 여유가 있었던 것이다.

"가미야, 네가 살아있었구나!"

야스가와는 반가운 목소리로 가미야를 불렀다. 그러나 가미야의 얼굴은 일그러져 있었다. 그 역시 참패를 예견하고 있기 때문이었다.

"야스가와 소좌님, 물러나는 것이 좋을 것 같습니다."

"나도 그렇게 생각은 하고 있다만 어디로 간단 말이냐?"

"어떻게든 포위망을 뚫고 나가야 합니다. 이대로 있다가는 모두 개죽음을 당하고 말 것입니다."

개죽음이란 말에 야스가와는 이를 악물었다. 자존심이 상하는 모양이었다. 그때 나카니시가 나섰다.

"저쪽 매복이 약한 듯합니다. 그리로 뚫고 올라간다면 역전도 가능할 것 같습니다만."

나카니시의 역전이란 말에 야스가와는 고개를 흔들었다. 당치 않다는 말이었다.

"이 상황에서 어떻게 역전을 한단 말이냐? 일단 물러났다가 지원군을 얻어 다시 시작함만 못하다."

"맞습니다. 일단 사지를 빠져나가야 합니다."

가미야도 야스가와의 의견에 동조하고 나섰다. 나카니시는 몰래 한숨을 몰아쉬었다. 얼굴에는 한심하다는 표정이 어리기까지 했다.

4. 봉오동 전투

"우리가 나갈 곳은 저곳이다. 나카니시의 말대로 동쪽 고지를 빗겨 나간다면 무사히 빠져나갈 수 있을 것이다. 중대원을 모아라. 그리고 나카니시는 모든 중대에 알려라. 저곳으로 빠져나간다고 말이다."

"예 알겠습니다, 소좌님."

나카니시는 곧 총을 들고는 계곡 안쪽으로 달려갔다. 이어 가미야와 야스가와는 중대원을 이끌고 동쪽 고지를 향해 움직였다.

야스가와의 움직임에 중대장 강상모는 명령을 내렸다.

"놈들이 이쪽으로 움직인다. 아래로 좀 더 내려가라. 놈들이 이곳으로 빠져나갈지 모르니 막아야 한다. 한 놈도 살려 보내서는 안 된다."

중대장 강상모는 고지에서 산등성이 쪽으로 내려갔다. 그러고는 엄폐물을 이용해 진지를 구축하고 야스가와 부대를 기다렸다. 키 작은 관목 사이로 야스가와 부대가 개미떼처럼 몰려들었다. 이어 총탄이 빗살처럼 나무 사이를 헤집기 시작했다. 또 다시 치열한 전투가 시작된 것이다. 그러나 이번에도 높은 곳에서 엄폐물을 이용하며 진치고 있는 독립군을 야스가와 군은 당해내지 못했다. 수많은 사상자를 내고 말았던 것이다.

야스가와는 땅을 치며 후회했다. 봉오동 계곡을 둘러보며 어리석었던 자신을 그제야 질책하기도 했다. 그러나 소용없는 일이었다. 그나마 다행인 것은 계속해서 밀려들고 있는 중대원이 마침내 동쪽 입구를 텄다는 것이었다. 수적으로 우세한 야스가와 부대가 희생을 담보 삼아 동쪽 계곡을 터놓았던 것이다. 그리고 야스가와 군은 그곳을 통해 서서히 빠져나가기 시작했다.

동쪽 계곡을 빠져나온 야스가와 부대는 대일본제국의 체면도, 자존심도 버린 채 제 목숨 하나만을 구하기 위해 달렸다. 그중에는 목숨과도 같은 총마저 버린 채 달아나는 자들도 눈에 띄었다. 뿐만 아니라 천황에 대한 충성의 맹세이자 대일본제국의 목숨과도 같은 욱일승천기마저 짓밟고 달아나는 자들도 보였다. 이런 모습을 지켜본 중대장 강상모는 껄껄 웃음을 터뜨렸다.

"왜놈의 본성이 드러나는구나! 저것이 놈들의 본질이다. 제 목숨 하나 지키기 위해 조국의 얼굴마저도 무참히 짓밟아버리는 짐승과도 같은 본성, 저것이 놈들의 실체다. 저런 놈들과 한 하늘 아래서 숨을 쉬고 있다는 것 자체가 부끄러운 일이다. 한 놈도 남기지 말고 싹 쓸어버려라!"

말을 마친 중대장 강상모는 다시 총을 겨눴다. 그리고는 달아나는 일본군을 향해 방아쇠를 당겼다. 중대장 강상모가 방아쇠를 당길 때마다 달리던 일본군이 돌부리에 걸린 듯 고꾸라졌다. 이어 대한독립군의 맹렬한 사격이 또 다시 시작되었다.

달아나는 일본군을 좇아 북쪽과 서북쪽의 대한독립군도 산을 내려왔다. 뒤처진 야스가와 부대를 추격하며 쓸어내기 위해서였다. 이제 전투는 일방적이었다. 마치 일본군 소탕전과도 같았다.

뒤처진 일본군을 사살하며 대한독립군은 동쪽 계곡으로 몰려들었다. 그리고 동쪽 계곡을 나서자 홍범도는 손을 들어 올렸다. 대한독립군을 제지한 것이다. 수적으로 우세한 일본군이 개활지에서 다시 달려든다면 불리할 수도 있기 때문이었다.

"이쯤이면 놈들도 정신이 들었을 걸세."

최진동도 동의를 표했다.

"맞습니다. 아직 놈들의 기세가 살아있습니다. 괜한 모험을 할 필요는 없지요."

대한독립군은 대승을 거뒀고 일본군은 또 다시 참패를 당했다.

"이제 놈들도 우리를 함부로 여기지는 못할 것이네."

"여부가 있겠습니까?"

말끝에 최진동은 호탕하게 웃어젖혔다. 홍범도도 껄껄 웃음을 터뜨려댔다. 짙푸르러가는 자작나무 잎들이 푸른 바람에 하얀 춤을 추고 있었다. 싱그러운 여름날의 봉오동이었다.

이 전투에서 대한독립군은 강상모 중대가 동쪽 계곡에서 사살한 백여 명을 비롯해 모두 백오십여 명의 일본군을 사살하고 이백여 명의 일본군을 부상시키는 전과를 올렸다. 반면에 대한독립군은 네 명의 전사자와 몇 명의 부상자만을 냈을 뿐이다.

***

홍범도의 얼굴에 통쾌한 빛이 역력했다.

"다시 생각해 보아도 정말 대단한 전투였어. 나중에 알고 보니 놈들은 온성의 유원진(柔遠鎭)으로 달아났다고 하더군."

"역시 장군이십니다."

백야 김좌진은 손바닥까지 쳐대며 홍범도의 승리를 기뻐했다.

"그런 다음 삼둔자로 이동하던 중에 어랑촌에서 김 동지가 혈전을 벌이고 있다는 소식을 들었지. 그래서 이곳으로 달려오게 된 것이네."

"그러셨군요. 장군."

연성대장 이범석은 그제야 고개를 끄덕였다.

"그건 그렇고, 김 동지의 승전 소식도 들었소. 백운평에서 큰 승리를 거뒀다고요?"

홍범도의 물음에 백야 김좌진은 부끄럽다는 듯 고개를 끄덕였다.

"예, 큰 승리라고 말하기에는 그렇지만 아무튼 놈들을 좀 혼내주었습니다."

백야 김좌진이 직접 말하기를 부끄러워하자 곁에 있던 연성대 장교 이민화가 나섰다.

"사령관께서 쑥스러우신 모양입니다. 제가 말씀드리지요."

침까지 튀겨가며 연성대 장교 이민화는 백운평 전투를 설명해댔다. 이어 천수평 전투를 치르고 어랑촌으로 오게 된 경위도 설명했다. 홍범도의 낯빛이 밝아졌다. 입도 벌어졌다. 이민화의 설명이 끝나자 우레와도 같은 박수가 터져 나왔다. 듣고 있던 대한독립군이 일제히 박수를 쳐댔던 것이다.

"역시 김 동지요. 나는 김 동지를 처음 봤을 때부터 알아봤소. 불타는 눈빛하며 태산을 머금은 듯한 이 입술에서 뭔가 큰일을 낼 것임을 알아봤지요. 역시 내 짐작이 틀리지 않았소. 우리 함께 조국독립의 큰 동량이 되도록 합시다."

말을 마친 홍범도는 백야 김좌진의 두 손을 꼭 잡았다. 그러고는 이글이글한 눈빛으로 백야 김좌진을 바라보았다.

"김 동지, 우리 조국이 독립하는 그날까지 함께하도록 합시다."

"여부가 있겠습니까? 조국이 독립하는 그날까지 진한 이 화약 냄새가 제 몸에서 가시지 않도록 하겠습니다."

백야 김좌진도 잡은 손에 힘을 주었다.

* * *

이튿날 북로군정서군과 대한독립군은 아쉬운 작별의 인사를 나눴다.

"김 동지, 부디 몸조심하시오."

"장군께서도 조심하도록 하십시오."

백야 김좌진도 홍범도의 안위를 기원했다.

"우리는 조국의 독립을 위해 존재하는 사람들이오. 그날까지는 모두 무탈해야 하오."

"여부가 있겠습니까? 걱정 마십시오. 놈들을 이 손으로 모두 쓸어버리기 전까지는 무슨 일이 있어도 견뎌낼 것입니다."

"그대 같은 이가 있기에 그래도 조국에 희망이 있소. 우리에게는 안중근이 보여준 것과 같은 무장투쟁만이 살 길이오. 유념하시오."

"잘 알고 있습니다. 어찌 앉아서 말로만 독립을 운운하겠습니까?"

홍범도는 백야 김좌진의 두 손을 힘껏 잡았다. 그러고는 꾹 다문 입술에 힘을 주어 보이고 그대로 돌아섰다. 너덜거리는 그의 전투복에서 흙먼지가 뽀얗게 흩어져 내렸다. 그 모습에 백야 김좌진은 코끝이 찡해졌다. 눈물까지 핑 돌았다.

"자, 삼둔자로 간다. 출발!"

우렁찬 홍범도의 목소리가 백야 김좌진의 감상을 들깨웠다. 다시 보니 그렇게도 아름다울 수가 없는 옷이었다. 조국을 위해, 독립을 위해 싸우느라 헤진 옷이다. 백야 김좌진은 자신의 옷을 내려다보았다. 아직 저렇게 되기에는 모자랐다. 말아 쥔 주먹에 불끈 힘을 주었다. 자신도 저렇게 될 때까지 조국을 위해 애쓰리라 다짐했던 것이다.

"사령관님, 어디로 갈까요?"

연성대장 이범석이었다.

"안도현(安道縣)으로 간다. 부대를 나눠라. 모두 네 개 부대로 나눠 간다."

백야 김좌진의 명령에 이범석이 의아한 얼굴로 물었다.

"부대를 나누다니요?"

"함께 움직이면 위험할 것 같다. 작게 나눠 움직이는 게 적에게 노출될 염려도 적고 적의 공격에 대응하기에도 좋을 것 같다."

그제야 이범석은 고개를 끄덕였다.

"그렇겠군요. 놈들이 언제 다시 달려들지 모르니."

"더구나 우거진 숲이 많아 그렇게 하는 게 더 신속하게 이동할 수 있을 것 같기도 하고."

"예 알겠습니다, 사령관님."

백야 김좌진은 부대를 나눴다. 그러고는 신속히 어랑촌을 벗어났다.

하늘은 여전히 푸른빛을 깨뜨릴 듯이 머금고 있었다.

5. 연이은 승리

어랑촌을 출발한 그날 오후 북로군정서군 제1대는 맹개골에 다다랐다. 골짜기는 깊었다. 자작나무와 서나무가 군락을 이루고 있었다. 하얀 자작나무 줄기가 마치 흰 눈이 내린 듯했다. 발밑으로는 켜켜이 쌓인 낙엽이 사부작사부작 밟혔다.

"적의 매복을 조심해라."

사령관 백야 김좌진은 행군을 멈추게 했다. 그러고는 참모 정인철을 불렀다.

"앞을 살펴보게!"

백야 김좌진의 명령에 정인철은 곧 수색대를 앞세웠다.

수색대는 조심스레 전방을 살폈다. 수색대의 뒤를 이어 북로군정서군이 다시 행군을 시작했다. 하나같이 긴장한 눈빛이었다. 어디서 적의 총탄이 날아올지 모를 일이기 때문이었다. 푸른 잎사귀 사이로 늦가을의 투명한 햇살이 스며들고 있었다. 바람도 서늘했다. 다행히 적의 매복은 없었다.

맹개골 골짜기를 벗어나기 직전 말발굽 소리가 요란하게 들려왔다. 북로군정서군은 바짝 긴장했다. 이어 참모 정인철이 다급히 달려왔다.

"골짜기 입구로 적의 기마대가 들어섰습니다."

"얼마나 되는가?"

"삼십여 기는 되는 것 같습니다."

"잡는다. 길 좌측으로 모두 매복하라!"

백야 김좌진의 명령에 북로군정서군 제1대의 대원들은 모두 길옆으로 납작 엎드렸다.

"가서 제2대에 전해라. 적과 조우 중이니 멈춰 기다리라고 말이다."

참모 정인철이 이번에는 뒤쪽으로 내달았다.

참모 정인철의 말발굽 소리가 아스라이 멀어져 갈 즈음 골짜기 안으로 요란한 말발굽 소리가 다시 이어졌다. 일본군 기마대였다. 그리고 잠시 뒤 검은 말을 탄 일본군 기마대가 흰 자작나무 사이로 모습을 드러냈다. 멀리서 달려온 듯 온통 누런 먼지를 뒤집어쓰고 있었다.

일본군 기마대는 쏜살같이 골짜기 안으로 들어섰다. 기마대의 뒤로는 말발굽에 차인 돌들이 탄환처럼 날아오르기도 했다.

맨 앞의 말이 백야 김좌진의 눈앞을 스치는 순간 나머지 기마대도 순식간에 시야로 들어섰다. 이어 깊은 골짜기에 맑고도 투명한 총소리가 울려 퍼졌다. 백야 김좌진의 총구에서 불이 뿜어진 것이다. 그리고 둔탁한 소리와 함께 기마대의 끝자락에서 말을 달리던 일본군이 굴러 떨어져 내렸다. 이어 콩을 볶는 듯한 요란한 총소리가 맹개골 골짜기를 가득 메웠다. 일본군 기마대원들이 여기저기에서 굴러 떨어져 내렸다. 순식간에 일어난 일이었다.

총소리가 멎고 살펴보니 일본군 기마대가 전멸해 있었다. 삼십여 명으로 적은 수이기는 했으나 적의 매복을 걱정했던 북로군정서군이 오히려 매복으로 적을 잡은 승리였다.

* * *

맹개골에서 일본군 기마대를 잡은 북로군정서군은 다시 행군을 계속했다. 그러고는 만기구에서 휴식을 취했다. 역시 깊은 골짜기였다.

끝도 없이 펼쳐진 숲의 바다가 녹색에서 붉은색으로 물들어가고 있었다. 눈이 부시도록 아름다운 정경이었다. 현실과는 어울리지 않는 아름다움이었다.

"사령관님, 이제 곧 겨울입니다."

참모 정인철은 겨울을 걱정했다. 준비가 부족하다는 것이다.

"오지도 않은 겨울을 걱정하는 것은 사치다. 지금 이 순간 눈앞을 살피기에도 급급한데……."

눈길을 돌리며 말꼬리를 끊었다가는 다시 이었다.

"천보산 은광을 습격한다. 그것으로 자금을 마련한다면 이번 겨울은 넘길 수 있을 것이다."

말은 그렇게 했지만 이미 사령관 백야 김좌진의 머릿속에는 모든 것을 대비하고 있던 것이었다. 참모 정인철은 고개를 끄덕였다.

"그래서 이쪽으로 길을 잡으셨군요?"

백야 김좌진은 고개를 끄덕였다.

"그렇게 봐도 무방하다. 놈들의 자금줄도 막고 우리 자금도 확보하고, 일석이조지."

말을 마친 백야 김좌진은 물들어가는 숲을 무연히 바라보았다. 문득 사관연성소 시절이 떠올랐다.

***

북로군정서는 독립군 간부를 양성할 목적으로 사관연성소(士官鍊成所)를 설치했다. 그리고 사관연성소 소장으로 백야 김좌진이 임명되었다. 그러나 문제는 무기였다. 적에 맞서 싸울 무기가 절대적으로 부족했던 것이다. 백방으로 알아보았으나 가까운 곳에서 무기를 구할 수는 없었다. 일본군을 습격해 무기를 획득하는 방법도 생각해 보았지만 맨손으로 그렇게 한다는 것은 말도 되지 않는 일이었다. 중국군에 도움을 요청하는 것도 마찬가지였다. 제 코가 석 자인 상황에서 도움을 줄 리 없었다. 그러던 차에 기쁜 소식이 들려왔다.

"블라디보스토크에 가면 구할 수 있다고 하네."

교관인 나비장군 나중소가 들뜬 목소리로 백야 김좌진에게 건넨 말이었다.

"블라디보스토크에요?"

"그렇다네."

"자세히 좀 말씀해 보십시오."

답답하다는 듯 곁에 있던 교관 이범석이 나서 재촉했다.

"전쟁을 마친 체코군이 무기를 내놓고 있다고 하네. 본국으로 돌아가면서 가지고 있던 무기를 죄다 팔고 있다고 하더군."

백야 김좌진이 탁자를 치며 일어섰다.

"하늘이 준 기회입니다. 늦기 전에 가 보시죠."

북로군정서 사관양성소의 김좌진은 곧 무기를 구입하고자 블라디보스토크로 향했다. 그동안 모아둔 독립자금을 모두 챙겼다. 그리고 무기운반을 위해 2개 중대가 나섰다. 만일의 사태에 대비해 무장한 호위부대까지 동원되었다.

길은 험했다. 대지는 꽁꽁 얼어붙었고 바람은 마치 칼날과도 같았다. 살을 벨 듯 차갑고 날카롭기만 했다. 콧수염에는 고드름까지 허옇게 들러붙었다. 최악의 날씨였다.

"젠장, 먼 길에 날이라도 좋아야 하는데."

"그러게 말일세. 무슨 놈의 날씨가 이리도 혹독한지."

이범석과 박영희가 괜한 날씨 탓을 했다. 그러자 곁에 있던 이장녕이 끼어들었다.

"그러게 조국을 반드시 되찾아야 하네. 우리 조국은 이리 춥지는 않지 않은가?"

생각해보니 그랬다. 고향 땅의 겨울은 이렇게까지 춥지는 않았다. 그래도 견딜 만한 추위였다. 그런데 이곳 날씨는 정말이지 견디기 힘든 것이었다. 숨쉴 때마다 내뱉는 입김이 얼어버릴 정도였다. 손발은 이미 감각이 없어진 지 오래였다. 둘러보니 하나같이 모두들 짐승만 같았다. 허연 입김을 내뱉으며 머리며 손이며 온통 천으로 휘감은 모습들이 산 속의 짐승만 같았던 것이다.

"조금만 참아라. 이 고개만 넘으면 훈춘이다."

백야 김좌진의 목소리였다. 지휘관답게 그는 맨 앞에서 눈길을 헤치고 있었다.

고개를 넘은 북로군정서 무기구입단은 훈춘에서 하룻밤을 쉬었다. 그곳에서 블라디보스토크에서 온 한인 동포를 만났다. 그리고 그로부터 무기들이 아직 팔리지 않았다는 소식도 들었다. 다행이라 여긴 백야 김좌진은 이튿날 무기구입단을 재촉해 다시 길을 나섰다.

날씨는 갈수록 험악해졌다. 눈발도 거세졌다. 연해주 들판은 바람마저 혹독했다. 동상에 걸린 대원이 태반이었다. 도착하기도 전에 이러니 돌아갈 일을 먼저 걱정해야 할 판이었다.

"힘을 내라. 조국을 위한 일이다. 독립을 위한 일이다. 이까짓 추위쯤이야 몸으로 견디면 되는 것이다. 정신만 잃지 않는다면 감내할 만한 것이다."

말을 하면서도 백야 김좌진은 미안했다. 이런 고통을 안겨줘야 하는 자신이 미안하기만 했던 것이다. 그러나 참아야 할 것이었다. 자신이 말한 것처럼 감내해야만 할 것이었다. 조국을 위한 일이기에. 조국의 독립을 위한 일이기에 말이다.

혹독한 추위를 견디며 마침내 북로군정서 무기구입단은 블라디보스토크에 도착했다. 그러나 청천벽력 같은 소리를 들어야 했다. 제정러시아가 무너지고 나서 화폐개혁을 단행해 가져간 돈이 모두 무용지물이 되고 만 것이다.

"이를 어쩐단 말인가?"

당황한 백야 김좌진은 안절부절못했다. 이제 혹독한 추위는 아무것도 아니었다. 가슴속으로 애타는 마음이 모든 것을 불태우고 있기 때문이었다. 그렇다고 손을 놓은 채 그대로 주저앉을 수는 없었다. 무기는 북로군정서의 모든 것이었다. 목숨과도 같은 것이었다.

"형님들께서는 어떻게든 무기를 잡아두도록 하십시오. 거래상을 만나서 무슨 일이 있어도 우리가 구입을 할 테니 자금을 마련하는 동안만 기다려 달라고 설득해 달라는 말입니다. 제가 다시 자금을 마련해 보도록 하겠습니다."

"알겠네. 가서 만나보도록 하겠네."

나중소와 이장녕은 무기거래상을 만나기 위해 거리로 나섰다. 이어 백야 김좌진은 이민화와 이범석에게도 부탁했다.

"하루이틀 걸릴 것 같지가 않으니 동지들은 우리 무기구입단이 머무를 곳을 좀 알아봐 주시게. 이곳 동포들에게 양해를 좀 구해보도록 하게나."

"알겠습니다. 걱정하지 마십시오. 사정을 말하면 도와줄 것입니다."

이범석은 백야 김좌진을 안심시키고는 이민화와 함께 거리로 나섰다. 무기구입단의 오상세와 백종렬, 이운강도 뒤따라 나섰다.

백야 김좌진은 블라디보스토크 동포회를 찾아가 사정을 이야기했다. 휴지 조각이 되어 버린 돈을 대신할 새로운 자금을 마련하기 위해서였다. 그러나 쉽지가 않았다. 그만한 막대한 자금을 지원해줄 사람을 찾을 수가 없었던 것이다. 결국 백야 김좌진은 본대로 사람을 다시 보내기로 했다. 이민화, 김춘식, 최해, 강화린 등을 본대로 보냈던 것이다. 그들은 한 달이 넘어서야 겨우 자금을 마련해 돌아왔다. 다행히 블라디보스토크의 동포들이 무기구입단의 숙식을 해결해주어 추운 겨울을 무사히 지낼 수 있었다. 그것만으로도 백야 김좌진은 감사해하며 다행이라 여겼다.

어렵사리 무기를 구입한 북로군정서 사관양성소 무기구입단은 다시 힘든 여정에 올랐다. 왕청현 춘명향으로 다시 돌아가게 된 것이다. 그러나 올 때와는 또 달랐다. 이번에는 한 사람이 소총을 몇 자루씩이나 들어야 했다. 그나마 다행인 것은 동포 중에 마차를 지원해주는 이가 있어 몸으로 짊어져야 하는 짐을 줄일 수 있었다는 것이다. 기관총을 비롯해 수류탄과 야포 등을 마차에 실을 수 있었던 것이다.

"밤에만 이동한다. 낮에는 위험하다."

백야 김좌진은 살을 에는 혹독한 추위에도 조심하느라 걸음을 늦췄다. 콧수염에 달린 고드름이 입가에서 덜렁거렸다.

"무기는 곧 목숨이다. 결코 빼앗기거나 잃어서는 안 된다."

"무슨 말씀이신지 알겠습니다."

교관 이범석이 맞받았다.

"일본군뿐만이 아니라 중국군도 믿을 수가 없다. 더구나 마적 떼까지 눈독을 들일 것이다. 우리 본대에 이르기 전까지는 손에서 놓지 마라. 알겠느냐?"

백야 김좌진의 말에 북로군정서 무기구입단은 하나같이 고개를 끄덕여 대답했다. 모두들 어떻게 구한 무기인지를 뼈저리게 알고 있기 때문이었다.

북로군정서 무기구입단은 인적이 드문 길만을 골라 이동했다. 그것도 밤에만 이동하고 낮에는 숨어 지냈다. 가까운 곳에 동포의 마을이 있으면 들러 쉬기도 하고 아니면 양지바른 곳에서 바람만 피하며 눈을 붙이기도 했다. 그야말로 한겨울에 풍찬노숙을 감행했던 것이다.

그렇게 훈춘을 다시 지나고 서대파 십리편으로 겨우 돌아왔다. 북로군정서 사령부로 돌아왔던 것이다. 돌아와서 보니 대부분이 동상과 상처로 몰골이 말이 아니었다. 게다가 연속된 긴장으로 인해 체력은 바닥나 있었다. 쓰러지는 대원이 부지기수였다. 그만큼 힘든 여정이었던 것이다.

덕분에 북로군정서는 비로소 완전한 전투력을 갖추게 되었다. 무장독립투쟁 단체로서 제 역할을 할 수 있게 되었던 것이다.

***

"사령관님, 일본군입니다."

일본군이란 말에 백야 김좌진은 퍼뜩 회상에서 벗어났다. 자리까지 박차고 일어섰다.

"얼마나 되나?"

"중대급입니다."

곁에 있던 참모 정인철이 긴장한 눈빛으로 총을 들었다. 씻지 못한 얼굴이 반들반들했다.

"어디쯤 왔나?"

"골짜기로 들어서고 있습니다."

"매복한다!"

짧게 외친 백야 김좌진은 다시 총을 들었다. 그러고는 재빨리 대원들을 높은 곳으로 이동시켰다. 노랗게 물들어가는 자작나무 이파리가 바람에 파르르 울어댔다. 서나무 이파리도 경망스럽게 따라 춤을 춰댔다. 스산했다.

침묵 속에 시간이 흐르고 자박자박 발자국 소리가 들려오기 시작했다. 이어 하얀 자작나무 줄기 사이로 대열을 갖춘 일본군의 모습이 언뜻언뜻 보이기 시작했다. 긴장이 계곡을 가득 메웠다. 팽팽했다.

일본군은 주변을 살펴가며 조심스럽게 다가왔다. 여차하면 방아쇠를 당길 기세였다. 그러나 고지에 납작 엎드려 숨은 북로군정서군을 발견하지는 못했다.

일본군 중대원이 모두 사정거리 안으로 들어섰다. 또 다시 총성이 울렸다. 이어 유성우가 쏟아지듯 북로군정서군의 총탄이 쏟아져 내렸다. 혼비백산한 일본군은 그대로 흩어졌다. 나무 뒤로 숨기도 하고 바위 뒤로 몸을 던지기도 했다. 다행인 것은 그래도 몸을 숨길 만한 엄폐물이 있다는 것이었다.

"집중 사격하라! 놈들은 우리보다 적다."

백야 김좌진은 총탄의 우레 속에 목이 터져라 외쳐댔다. 일본군은 어떻게든 위기를 벗어나 보려 몸부림쳐댔다. 골짜기 출구 쪽으로 몸을 던져 달아나고자 했던 것이다.

"일단 물러나라! 골짜기를 벗어난다."

일본군 중대장 도모사카도 잇달아 외쳐댔다. 중대원들을 우선 살려보고자 했던 것이다. 그러나 그런 바람과는 달리 곳곳에서 일본군이 쓰러지고 있었다. 짚단이 넘어지듯 픽픽 쓰러지고 있었던 것이다.

"한 놈도 살려두지 마라. 모조리 쓸어버려라!"

백야 김좌진은 목이 터져라 연신 외쳐댔다. 일본군에 대한 증오와 분노가 극에 달해 있었다. 일본군을 볼 때마다 이를 갈아댔다. 어떻게든 복수를 하고 빼앗긴 조국을 되찾고야 말겠다는 다짐을 했던 것이다.

총탄이 멎고 또 다시 적요가 찾아들었다. 화약 냄새만이 골짜기를 가득 메웠다. 뜨겁게 달궈진 총구에서는 흰 연기가 끊임없이 솟구치고 있었다.

백야 김좌진은 조심스럽게 몸을 일으켜 세웠다. 골짜기 밖으로 달아나는 일본군이 언뜻언뜻 보였다. 손을 들었다. 엎드려있던 북로군정서군이 일제히 몸을 일으켰다.
　총을 겨눈 채 북로군정서군은 골짜기 아래로 내려갔다. 쓰러진 일본군이 숨을 헐떡이고 있었다. 피를 흘리며 죽은 자도 있었다.
　"모두 서른다섯입니다."
　참모 정인철이 보고를 올렸다. 백야 김좌진은 고개를 끄덕였다.
　"산 놈들은 어떻게 할까요?"
　백야 김좌진은 잠시 망설였다.
　"걸을 수 있나?"
　"걷지는 못합니다."
　짧게 한숨을 몰아쉰 백야 김좌진은 입맛을 다셔댔다. 그러고는 어쩔 수 없다는 듯이 혼잣말로 중얼거렸다.
　"걸을 수 있다면야 산 목숨 죽일 필요까지는 없겠으나 그렇지 못하다면야 어쩔 수 없지 않은가? 다 놈들의 업보지."
　넋두리 같은 말에 참모 정인철이 고개를 끄덕였다.
　"알겠습니다."
　정인철이 돌아섰다. 그리고 잠시 후 또 다시 총성이 울려 퍼졌다. 이번에는 고통에 신음하는 일본군을 편안하게 해주는 총소리였다.
　"저들의 죄인가? 저들도 억울한 하수인일 뿐이다. 일본이란 제국

5. 연이은 승리　153

의 하수인."

백야 김좌진은 또 다시 혼잣말로 중얼거리고는 큰소리로 외쳤다.

"출발한다!"

백야 김좌진은 북로군정서군을 이끌고 서구(西構)로 향했다. 천보산으로 가기 위해서였다.

***

골짜기마다 물든 단풍으로 흐드러져 있었다. 차라리 처절하다는 표현이 더 어울릴 정도였다. 그만큼 계절은 아름다웠다.

"조국의 산하도 저리 물들었겠지?"

백야 김좌진은 고향땅 갈산을 떠올렸다. 집 앞의 감나무가 문득 떠올랐다. 가을이면 저렇게 붉게 타오르곤 했었다. 마을 앞 은행나무도 노랗게 그랬었다.

"그렇겠지요. 계절은 조국이나 이 땅이나 다름이 없을 테니까요."

참모 정인철의 대답에도 한숨이 묻어났다. 그 역시 고향 땅을 아련히 떠올리고 있었던 모양이었다.

"여기가 어딘가?"

문득 묻는 말에 참모 정인철이 대답했다.

"서구잖습니까?"

그제야 백야 김좌진은 말을 세웠다. 그러고는 멀리 골짜기를 주시했다.

"예감이 좋지 않다. 잠시 살펴보고 간다!"

이제 전투에 이골이 난 백야 김좌진은 느낌으로도 적을 찾아냈다.

"앞서 가 살펴라!"

사령관 백야 김좌진의 긴장된 모습에 참모 정인철은 촉수를 바짝 세웠다.

"알겠습니다."

대답을 마친 정인철은 즉시 수색대를 데리고 나섰다.

참모 정인철이 앞서 가자 그제야 백야 김좌진은 지대를 거느리고 천천히 뒤따랐다.

서구 골짜기는 깊었다. 산으로 둘러싸인 지형이 마치 솥 안처럼 깊었다. 골짜기 위로는 파란 하늘만이 빠끔히 고개를 내밀고 있었다.

참모 정인철이 다급히 달려왔다. 아니나 다를까.

"놈들이 안에서 쉬고 있습니다."

예감이 들어맞았음에 백야 김좌진 자신도 놀랐다.

"전투 준비를 하라! 습격한다."

북로군정서군은 골짜기를 에워싸며 조심스럽게 접근했다. 골짜기 안은 숲의 그림자로 어둠이 드리워져 있었다. 자작나무, 서나무, 분비나무 등 아름드리나무들로 빽빽했다. 원래 깊은 골짜기에 나무까지 우거져 안은 대낮인 데도 어두컴컴했다.

　백야 김좌진은 손을 들어 지시했다. 좌우로 늘어서서 포위하라는 것이었다. 북로군정서군은 서서히 물샐틈없이 포위망을 좁혀갔다.

　일본군은 널찍한 공터에서 휴식을 취하고 있었다. 보병이 두 개 중대, 기병이 두 개 소대였다. 일본군은 서너 명씩 둘러앉아 시시덕거리며 시간을 보내고 있었다. 말들은 주인 곁에서 한가로이 나뭇잎을 뜯고 있었다.

　"일어서라! 적의 습격이다."

　일본군 소좌 고노스케가 용수철처럼 튀어 올랐다. 무심코 고개를 들었다가 백야 김좌진이 총을 겨누고 있는 모습을 보았던 것이다. 쉬고 있던 일본군이 일제히 총을 들고 일어섰다. 그리고 그 순간 백야 김좌진의 총구에서 불이 뿜어졌다. 총성이 울리고 또 다시 전투가 시작되었다.

　"섬멸하라! 한 놈도 남김없이 사살하라!"

　당황한 일본군은 우왕좌왕했다. 말이 날뛰고 사람이 흩어졌다.

　"정조준해서 쏴라! 놈들은 독 안에 든 쥐새끼들이다."

　참모 정인철은 흰 이를 드러내며 맹수처럼 외쳐댔다. 탄환을 아끼자는 말이기도 했다. 그의 총구가 불을 뿜을 때마다 일본군이 고꾸라졌다. 과연 북로군정서군의 명사수다웠다. 출중한 사격실력을 유감없이 발휘하고 있던 것이었다.

북로군정서군은 참모 정인철의 말대로 정조준해 일본군을 쓰러뜨렸다. 일본군은 불리한 위치에서 고전을 면치 못했다. 북로군정서군이 잘 보이지도 않았을 뿐더러 보인다 해도 맞추기가 어려웠다. 모두 엄폐물에 숨어 있기 때문이었다.

유성이 쏟아져 내리듯 북로군정서군의 총탄은 그렇게 골짜기 아래로 빗발쳤다. 그리고 그 빗발친 유성은 일본군을 사정없이 유린해댔다. 한 치의 용서도 실수도 없었다. 일본군은 말 그대로 속수무책이었다.

고노스케는 맞서라고 목이 터져라 외쳐댔지만 아무런 소용이 없었다. 불리한 지형지물도 그렇지만 수적으로도 상대가 되질 않았다. 결국 버티던 일본군이 뒤쪽에서부터 몸을 돌려 달아나기 시작했다.

"서라! 전투에서 등을 돌리면 사형이다. 너희들은 천황폐하의 용맹한 신군(神軍)이 아니더냐?"

고노스케는 어떻게든 막아보려 애썼다. 그러나 소용없었다. 한번 무너져 내린 사태는 걷잡을 수가 없었다. 고노스케는 고개를 돌려 상황을 둘러보았다. 이미 전투는 끝난 것이나 매한가지였다. 시작하기도 전에 끝이 나 있었던 것이다. 쓰러진 중대원이 반이 넘었고 나머지 반은 달아나기에 바빴다. 고노스케도 몸을 돌렸다. 승산이 없음을 알아챘던 것이다. 그리고 그때 말에 올라타고 있는 기마대원의 모습이 고노스케의 눈에 들어왔다. 고노스케는 눈을 부라렸다. 총을 들었다. 그러고는 부하의 등을 향해 거침없이 총을 쏘아댔다. 기마대원은 그대로 말에서 굴러 떨어졌다. 이어 고노스케는 말을 향해 탐욕스런 발걸음을 옮겼다. 그러고는 재빨리 말에 올라탔다.

"저런 비열한 놈이 있는가?"

"저 살자고 부하를 쏘다니? 저런 인간이 어떻게 지휘관 노릇을 하고 있었단 말인가?"

고노스케의 비열한 행동을 지켜본 북로군정서군의 입에서 연이어 비난의 소리가 쏟아져 나왔다.

"봤느냐? 저것이 도적놈들의 본성이다."

참모 정인철이 총을 겨눴다. 이어 총구에서 불이 뿜어졌고 고노스케가 말에서 보기 좋게 굴러 떨어졌다. 고노스케는 가슴을 움켜쥐었다. 검붉은 핏물이 흥건히 손을 적셨다. 정신이 몽롱해졌다.

총탄소리가 멎고 이어 골짜기에 적요함이 찾아들었다.

"이놈이 그놈이냐?"

묵직한 목소리가 고노스케의 귀로 가물가물 파고들었다.

"비열하기 짝이 없는 놈."

이어 또 다시 총성이 울리고 고노스케의 피가 튀었다. 비열한 고노스케는 가물가물하던 정신줄마저 영영 놓고 말았다. 숨을 거두고 만 것이다.

북로군정서군은 서구에서 또 다시 상당수의 일본군을 잡았다. 고노스케 소좌를 비롯해 보병 중대와 소대 급의 기마대를 섬멸했던 것이다.

"천보산으로 간다. 오늘 해가 지기 전에 당도해야 한다. 서둘러라!"

사령관 백야 김좌진은 걸음을 재촉했다. 천보산의 은광을 탈취하기 위해서였다. 군자금도 마련하고 은광을 지키는 일본군도 섬멸하고, 일석이조의 효과를 노린 것이다.

반가운 소식도 날아들었다. 대한독립군의 홍범도가 소식을 전해 온 것이다. 고동하곡에서 일본군 두 개 소대를 섬멸했다는 것이었다.

"기쁜 소식까지 날아든 것이 조짐이 좋다."

백야 김좌진은 마음이 가벼워졌다. 연이은 전투로 인해 몸은 극도로 피곤했으나 들려온 기쁜 소식과 계속된 승리로 인해 마음만은 깃털처럼 가벼웠던 것이다. 대원들도 마찬가지였다. 마음이 들뜨고 가뿐했다. 몸에서는 없던 힘까지 솟아났다. 이 모두가 연이은 승리로 인한 자신감 때문이었다.

* * *

독립군의 빛나는 승리에 관한 소문은 만주벌의 일본군을 벌벌 떨게 만들었다. 곳곳에서 계속되는 북로군정서군과 대한독립군의 승리가 일본군으로 하여금 오금이 저리게 만들었던 것이다. 이러한 소식은 천보산의 다모가미 중대장에게도 전해졌다. 그리고 북로군정서군이 천보산 쪽으로 이동하고 있다는 소식도 전해졌다. 다급해진 다모가미는 은광 앞쪽 돌무더기 주변에 진지를 구축했다.

"폭약을 준비해라. 놈들이 오면 통째로 날려보낼 것이다."

다모가미의 얼굴은 붉게 상기되어 있었다. 과도한 몸짓은 그가 이미 겁에 질려 있다는 것을 스스로 말해주고 있었다.

"오마에!"

얍삽한 오마에가 종종걸음으로 재빨리 달려왔다.

"놈들의 목표는 은이다. 잘 감춰라. 놈들의 수중에 들어가게 해서는 안 된다."

"여부가 있겠습니까, 중대장님."

"대일본제국 천황폐하의 군대가 쓸 군자금이다. 그걸 빼앗기면 이 만주 땅에 주둔하고 있는 우리 제국의 군대가 어려움을 겪는 것은 물론 놈들에게 기회를 주는 꼴이 되고 말 것이다. 그것이 더 위험하다. 알겠느냐?"

"예, 알겠습니다."

대답을 마친 오마에는 경망스럽게 경례를 올려붙이고는 다시 그 볼썽사나운 걸음걸이로 달려갔다. 그런 모습을 지켜본 다모가미는 혀를 끌끌 차고 고개까지 좌우로 흔들어댔다. 영 마음에 들지 않는다는 것이었다.

"저런 놈이 이토 각하의 인척이라니."

못마땅하다는 표정이 역력했다. 그때였다.

"중대장님, 놈들이 나타났습니다."

소대장 후지와라가 북로군정서군이 도착했음을 보고했다. 화들짝 놀란 다모가미는 잽싸게 진지를 향해 내달렸다. 그러고는 진지 위에서 아래를 굽어보았다. 숲 사이로 북로군정서군이 뱀의 몸뚱어리처럼 구불거리며 올라오고 있었다.

"폭약을 준비해라!"

다모가미의 명령에 일본군은 일제히 폭약을 준비했다. 사정거리 안에 들어오면 터뜨릴 심산이었다. 그러나 어떻게 알았는지 북로군정서군은 사정거리 밖에서 멈춰 섰다. 그러고는 뭔가를 준비했다. 살펴보니 야포였다. 다모가미는 당황하지 않을 수 없었다. 북로군정서군이 야포까지 준비했으리라고는 미처 생각지 못했기 때문이다.

"놈들이 야포를 쏠 모양입니다."

후지와라가 말을 마치기도 전에 긴 휘파람 소리가 한 차례 허공을 가로지르더니 포탄이 작렬했다. 흙먼지가 피어오르고 진지에 있던 일본군이 나가 떨어졌다.

"엎드려라!"

다모가미는 놀란 가슴을 진정시키며 진지에 고개를 처박았다. 이어 포탄이 무차별적으로 쏟아져 내리기 시작했다.

"기관총으로 맞대응하라!"

소대장 후지와라가 다모가미를 대신해 전투를 지휘했다. 다모가미는 두려움에 빠져 옴짝달싹도 못했다. 그저 벌벌 떨고 있을 따름이었다.

북로군정서군은 야포의 지원을 받아가며 일본군 진지를 향해 서서히 올라갔다. 기관총도 뒤에서 받쳐주었다. 그러자 진지 점령은 더욱 수월해졌다.

일본군은 저항다운 저항도 제대로 하지 못했다. 그저 제 목숨 하나만을 살릴 생각으로 진지에 고개를 처박은 채 숨어 있었던 것이다. 그러나 그 하나뿐인 목숨도 제대로 지키지 못했다. 무자비한 북로군정서군의 포탄과 총탄이 용서치 않았던 것이다.

결국 진지는 무너졌고 은광은 북로군정서군의 차지가 되고 말았다.

"사령관님, 이놈이 중대장입니다."

중대장 강화린이 진지에 고개를 처박고 있던 다모가미를 잡아왔다. 목숨을 구걸하는 모습이 가엾다 못해 비열했다.

"장군, 목숨만 살려주십시오. 은혜는 잊지 않겠습니다."

다모가미는 무릎을 꿇고 눈물을 흘렸다. 벌벌 떨고 있는 모습이 참으로 한심했다.

"너 같은 놈을 믿고 저 중대원들이 목숨을 맡겼더란 말이냐?"

백야 김좌진의 비아냥거림에도 다모가미는 개의치 않았다. 그저 목숨만 살려달라는 것이다.

"저는 본래 군인이 아닙니다. 이런 전장에는 나오기도 싫었습니다."

군인이 아니라며 핑계까지 대는 말에 백야 김좌진은 단호한 목소리로 꾸짖었다.

"군인이 아니라니? 군복을 입었으면 그 순간부터 군인인 것이다. 군인정신을 잃은 너는 모든 군인의 수치다."

그때 소대장 오상세가 오마에를 잡아왔다.

"이놈이 할 말이 있답니다."

오마에를 본 다모가미가 눈을 부라렸다.

"내가 말할 것이다. 너는 입 다물고 있어라!"

다모가미의 말에 백야 김좌진을 비롯한 북로군정서군은 의아한 눈으로 두 사람을 지켜보았다.

"무슨 말이냐?"

중대장 강화린이 묻자 오마에가 놓칠세라 먼저 입을 열었다.

"은은 저기에다 묻어두었습니다."

손짓까지 해대며 은을 숨겨둔 곳을 가리켰다.

"내가 말한다고 하지 않았느냐, 오마에."

오마에를 꾸짖은 다모가미는 무릎걸음으로 백야 김좌진에게 다가가 바짓가랑이를 잡고 늘어졌다. 눈살을 찌푸리게 하는 더없이 비열한 모습이었다.

"은을 모두 드리겠습니다. 제발 목숨만 살려주십시오, 장군."

"제가 먼저 말씀드렸습니다, 장군."

오마에와 다모가미의 꼬락서니가 가관이었다. 그런 모습에서 백야 김좌진은 조국의 독립이 멀지 않았음을 보았다. 일본 군인들의 행동에서 일본의 패망을 예견했던 것이다.

"어디냐?"

짧게 묻는 말에 눈을 크게 뜬 두 일본인은 제가 먼저 은을 바쳐야겠다는 듯이 벌떡 일어서서는 내달았다. 중대장 강화린과 소대장 오상세는 그만 터져 나오는 웃음을 참지 못하고 껄껄 웃어댔다.

다모가미와 오마에를 쫓아가 보니 은광 옆 돌무더기 뒤쪽에 새로 땅을 판 흔적이 보였다. 그곳에서 다모가미와 오마에는 마치 사냥개가 사냥감을 물고 주인을 기다리듯 그렇게 웃는 얼굴로 서 있었다.

"여기에 있습니다. 모두 장군님께 드리겠습니다."

오마에가 먼저 아양을 떨어댔다. 그러자 다모가미도 지지 않고 나섰다.

"이제 이것은 장군님의 것입니다. 제가 힘겹게 채굴한 은입니다."

마치 제가 캔 것처럼 다모가미는 제 자랑까지 해댔다. 그러자 오마에가 다시 나섰다.

"다모가미 중대장은 일을 시키기만 했을 뿐입니다. 인부들을 데리고 직접 은광 안으로 들어가 채굴한 건 접니다."

이제 자신의 공을 앞세우고자 상관을 깎아내리기까지 했다. 그러자 다모가미도 지지 않고 식식거리며 나섰다.

"이놈은 조선의 열혈청년 안중근에게 사살된 이토 히로부미의 조카뻘 되는 놈입니다."

이토 히로부미라는 말에 백야 김좌진의 얼굴이 굳어졌다. 조국의 원수가 아니던가?

"주제도 파악하지 못하는 놈들이 참으로 가관이구나. 역겹다. 당장 처단해라!"

백야 김좌진의 분노에 중대장 강화린이 나섰다.

"이놈들을 참호에 넣고 폭사시켜라!"

폭사라는 말에 다모가미와 오마에는 그 자리에 털썩 주저앉았다. 눈물도 흘리지 못하고 소리도 내지 못했다. 너무나도 두려웠기 때문이다. 이어 북로군정서군이 달려들어 다모가미와 오마에를 결박했다. 그러고는 참호에 밀어 넣었다.

"살려주십시오! 제발 목숨만 살려주십시오!"

다모가미는 애걸했다. 오마에도 마찬가지였다.
"장군님, 목숨만 살려주십시오!"
그러나 그럴수록 추한 모습만 남길 뿐이었다.
이어 폭약이 설치됐다. 저들이 은 채굴에 쓰던 폭약을 북로군정서군은 조국의 원수를 갚는 일에 쓰게 된 것이다. 다모가미와 오마에의 살점과 핏물이 은광 주변으로 널브러졌다.
북로군정서군은 숨겨둔 은괴를 꺼냈다. 생각보다 많은 양이었다.
"사령관님, 이 정도면 우리 북로군정서군이 삼 년은 너끈히 쓸 만한 자금입니다."
참모 정인철은 함박웃음을 지은 채 은괴를 어루만졌다. 백야 김좌진도 흡족해했다.
"고생한 보람이 있다. 수고들 했다."
백야 김좌진의 말에 중대장 강화린이 나섰다.
"모두 사령관님의 탁월한 지도력 덕분입니다."
"맞습니다. 그렇지 않고서야 어찌 이런 연이은 승리와 큰 수확을 얻을 수 있었겠습니까?"
소대장 오상세도 거들었다. 그러자 백야 김좌진이 손을 내저었다.
"조국에 대한 우리의 충정과 독립에 대한 우리의 열망이 그렇게 한 것이다. 더 무엇을 말하겠는가?"
"맞습니다. 사령관님."

이어 누군가가 대한독립 만세를 외쳐대기 시작했다. 곧이어 천보산에 만세소리가 울려 퍼졌다.

"대한독립 만세!"

"북로군정서군 만세!"

우렁찬 만세소리가 끊임없이 울려 퍼졌다.

* * *

천보산 전투를 승리로 이끈 사령관 백야 김좌진은 북로군정서군을 이끌고 다시 사령부로 돌아왔다. 당당한 개선이었다. 혁혁한 공을 세우고 돌아온 북로군정서군은 이제 명실상부한 독립군의 상징이 되어 있었다.

"수고했소. 동지."

북로군정서 총재 서일은 백야 김좌진을 힘껏 끌어안았다.

"청산리에서의 승리로 세상이 온통 우리 북로군정서 얘기요."

총재 서일의 목소리가 높아져 있었다. 무척이나 고무되어 있었던 것이다. 게다가 군자금으로 쓸 은괴까지 수확해 온 사실에 그 기쁨은 말할 수 없는 것이었다.

"상해의 임시정부에 보고해야겠소."

총재 서일의 말에 백야 김좌진은 가슴이 벅차올랐다. 이제야 비로소 북로군정서군이 임시정부의 인정을 받는 독립군으로 자리매김했다는 것에 대한 뿌듯함이자 기쁨에서였다. 순간 눈물이 핑 돌았다. 자신을 만주로 보내던 광복회 회장 박상진과 충청도 지부장 김한종을 비롯한 광복회 회원들의 얼굴이 떠올랐기 때문이다.

"이제 시작일 뿐입니다. 무장독립투쟁을 통해 저 잔학한 놈들을 한 놈도 남김없이 요절을 내고 말 것입니다."

백야 김좌진의 눈빛이 활활 타올랐다. 총재 서일의 입도 굳게 다물어졌다.

"맞소. 우리가 선택한 것은 그것이오. 무장투쟁만이 조국을 되찾을 수 있는 길이오. 그것이 내가 백야 사령관을 선택한 이유이기도 하오."

두 사람은 손을 굳게 마주잡았다. 그러고는 다시 다짐했다. 무장투쟁으로 조국의 독립을 되찾겠다고 말이다.

"자, 앉으시오! 이제 그동안의 전과를 자세히 들어봅시다."

총재 서일은 한껏 들뜬 목소리로 백야 김좌진을 재촉했다.

"예, 그러시지요."

백야 김좌진은 총재 서일과 마주앉았다. 이들의 주위로 북로군정서군 참모와 장교들이 둘러앉았다.

"먼저 백운평 전투부터 말씀드리도록 하겠습니다."

사령관 백야 김좌진은 청산리 백운평 전투에서 시작해 천보산 전투까지 상세히 설명했다. 여기저기에서 탄식과 환호성이 교차했다. 창밖으로는 짙게 물든 은행잎이 바람에 처연하게 흩날리고 있었다. 깊은 가을마저 떠나보내고 있었던 것이다.

사령관 백야 김좌진은 설명을 마치고는 타는 듯한 눈빛으로 총재 서일을 바라보았다. 그러고는 끊었던 말을 다시 이었다.

"이번 전투는 독립에 대한 우리 북로군정서의 의지를 다시 한 번 확인하는 계기가 되었습니다. 그런 의지가 없었다면 이번 승리는 없었을 것입니다."

총재 서일도 고개를 끄덕였다. 공감한다는 뜻이었다.

"적을 압도하는 전략전술도 의미가 컸습니다. 사령관님의 탁월한 지휘가 없었다면 이번 전투의 승리는 불가능한 일이었을 것입니다."

연성대장 이범석이 나선 것이다. 그러자 연성대 장교들도 하나같이 고개를 끄덕여 동의를 표했다. 그러나 백야 김좌진만은 고개를 좌우로 흔들었다.

"그보다야 잘 따라준 자네들이 있었기에 가능한 일이었지. 어찌 탁월한 지휘를 말하는가?"

"너무 겸손한 말씀이시오. 군대는 명령이고 결과는 명령에서 나오는 것이라 할 수 있소. 이들의 말이 맞소."

총재 서일도 연성대장 이범석의 말에 동의하며 미소를 지었다. 백야 김좌진은 난감한 표정으로 얼굴을 붉혔다. 곤란한 입장을 모면하게 해준 것은 참모 정인철이었다.

"이번 전투에서 일본군은 천이백 명 넘게 사살되었으며 부상자는 그 몇 배가 됩니다. 반면에 우리 북로군정서군은 전사자 백여 명에 부상자 이백여 명뿐입니다."

정인철의 말이 끝나기 무섭게 이번에는 나비장군 나중소가 나섰다.

"동포들의 도움도 절대적이었네."

그러자 백야 김좌진이 다시 나섰다.

"맞습니다. 동포들의 도움이 없었다면 이번 승리도 없었을 것입니다. 특히 우리에게 고지를 선점할 수 있도록 길을 안내해준 것은 결정적인 승리의 요인이었습니다."

듣고 있던 총재 서일도 한마디 거들었다.

"우리 목적이 조국의 독립이지만 따지고 보면 우리 동포들을 일제의 압제에서 해방시키는 일이 아니겠소. 그러니 우리가 동포들을 위해서 그런 것은 당연한 일이고 또한 동포들도 그런 우리를 돕는 것을 기쁘게 생각했을 것이오. 아무튼 이번 승리는 우리 대한인(大韓人) 모두의 승리요 조국의 승리입니다."

총재 서일은 뿌듯한 얼굴로 좌중을 둘러보았다. 모두들 자신감으로 넘쳐 있었다.

"이번에 우리 북로군정서군이 정말 큰일을 해냈소. 다 함께 자축하도록 합시다."

총재 서일은 기쁨에 들떠 자축하자며 자리에서 일어섰다.

"이번 승리를 자축하며 다 함께 만세를 부르도록 합시다."

총재 서일은 두 손을 높이 들며 만세를 외쳤다.

"대한독립 만세!"

북로군정서군은 모두 하나가 되어 총재 서일을 따라 만세를 외쳐댔다. 왕청현 춘명향 대감자의 북로군정서 총재부가 떠나갈 듯했다.

"대한독립 만세!"

총재 서일의 만세소리는 계속 이어졌다.

"북로군정서군 만세!"

또 다시 북로군정서 총재부가 떠나갈 듯했다.

"북로군정서군 만세!"

청산리 전투의 조촐한 자축연은 이렇게 만세 외침으로 대신되었다.

"우리의 이 뜻깊은 자축연은 훗날 조국을 되찾았을 때 그때 다시 이어질 것이오. 비록 술도 고기도 없는 초라한 자축연이지만 우리는 오늘 그 어떤 화려하고 풍성한 축제보다도 더 배부르고 따뜻하오."

총재 서일의 비장한 말에 좌중이 일순 숙연해졌다.

"술과 고기가 있는 그런 축제는 잠시 훗날로 미뤄두도록 합시다."

사령관 백야 김좌진이 주먹을 불끈 쥐었다.

"그날을 앞당기기 위해 우리 모두 혼신의 노력을 다하겠습니다."

"좋소. 우리 모두 조국을 위해 헌신하도록 합시다. 우리가 이 자리에 있는 것은 모두 나 때문이 아니라, 우리 가족 때문이 아니라, 우리 조국을 위해서요 우리 민족을 위해서입니다. 동지들의 그 비장한 마음이 우리 북로군정서군을 있게 하는 힘이요 원동력입니다."

북로군정서군은 하나가 되어 새삼 마음을 모았다. 그리고 그날 밤 실로 오랜만에 깊은 잠에 빠져들었다.

만주벌의 빛나는 별은 고향 땅의 별과 다름이 없었다. 차갑고도 맑은 밤이었다.

6. 칼머리 바람 센데 관산 달은 밝기만 하구나!

북로군정서군의 청산리 대첩은 큰 파장을 불러일으켰다. 일본으로 하여금 대대적인 공세를 취하게 만들었던 것이다. 그리고 그 공세는 무차별적인 살인으로 이어졌다. 만주벌과 간도에 정착하고 있던 우리 동포들을 무자비하게 살해했던 것이다. 이른바 간도참변 또는 경신년에 있었던 참변이라 하여 경신참변이라고도 불리는 그 천인공노할 만행을 저질렀던 것이다. 일본군에 의해 무참히 살해된 동포가 무려 삼천육백여 명에 달했다. 때문에 수적 열세 때문은 물론 부족한 무기 때문에도 독립군은 북쪽으로 이동하지 않을 수 없었다. 러시아 국경지대로 이동해야 했던 것이다. 그러나 그곳 또한 상황이 좋지 않았다. 러시아가 볼셰비키 혁명에 반대하는 세력과 전쟁 중이기 때문이었다. 그래서 연해주의 원동공화국(遠東共和國)으로 다시 이동해야 했다. 그곳은 혁명세력 하에 있어 자유롭게 활동할 수 있는 곳이었다. 더구나 소비에트 정부는 독립군에 무기와 탄약을 지원해 주는 것은 물론 독립운동단체 결성과 독립운동까지도 적극적으로 지원해 주겠다는 약속을 했다. 독립군에는 더없이 좋은 기회였다. 그러나 그 약속의 뒷면에 도사리고 있는 공산주의라는 독을 간파하지는 못했다.

백야 김좌진이 이끄는 북로군정서군도 밀산현 십리와에 도착했다. 그곳에서 먼저 와 있던 대한독립군의 홍범도와도 만났다.

"장군, 잘 지내셨는지요. 고동하곡의 소식은 잘 전해 들었습니다."

반가운 인사에 홍범도는 너털웃음을 지어보였다.

"놈들의 은광을 털었다고?"

털었다는 말에 백야 김좌진도 껄껄웃음을 터뜨렸다.

"제법 모아두었더군요. 독립자금으로 유용하게 쓰고 있습니다."

유용하게 쓰고 있다는 말에 홍범도도 껄껄 웃었다. 유쾌한 웃음소리가 차가운 하늘로 울려 퍼졌다.

"곧 이만으로 들어간다는 소리를 들었습니다."

백야 김좌진의 말에 홍범도가 진지한 표정으로 고개를 끄덕였다.

"그렇다네. 이곳보다는 더 안전하다고 하더군."

말끝에 무언가 탐탁지 않다는 기색이 묻어나 있었다. 백야 김좌진이 궁금하다는 듯 쳐다보자 그제야 나머지 말을 이었다.

"공산주의자들이 득시글거리는 곳이라네. 빨치산 부대도 오는 것으로 알고 있어."

공산주의자, 빨치산이란 말에 백야 김좌진도 이마를 찌푸렸다.

"그랬군요. 그자들은 엉뚱한 곳에 더 마음이 있는 자들 아닙니까?"

홍범도가 한숨을 길게 내쉬었다.

"누가 아니라던가? 조국의 독립보다도 공산주의를 먼저 생각하는 자들 아니던가? 그런 자들과 함께 독립운동을 운운해야 하다니."

"조심해야겠군요?"

홍범도는 대답 대신 고개만 끄덕였다.

"오랜만에 뵙겠습니다, 장군."

반가운 얼굴로 홍범도에게 인사를 건넨 사람은 서로군정서군의 지청천이었다. 꼭 다문 입술이 다부졌다.

"아! 자네도 왔는가? 언제 왔는가?"

서로군정서군 사령관 지청천은 고개부터 숙였다. 정중히 인사를 다시 올린 것이다.

"지금 막 도착했습니다. 백야 사령관도 잘 지냈는가?"

"예, 덕분에 잘 지냈습니다."

"청산리에서의 빛나는 전과는 우리 독립군 모두의 영광일세. 앞으로도 다시없을 훌륭한 전과야."

자기를 치켜세우는 말에 백야 김좌진은 얼굴이 붉어졌다.

"부끄럽습니다. 앞으로 그보다도 더 큰 전과가 있어야지요."

"그럼, 그럼. 조국을 되찾는 일인데."

홍범도는 거듭 그렇다며 고개를 끄덕여댔다.

"이만으로 들어간다는 얘기를 들었습니다만."

지청천도 같은 물음을 던졌다. 홍범도가 또 다시 고개를 끄덕였다.

"그럼 많은 지원을 받을 수 있겠군요?"

지청천은 러시아로부터의 지원을 기대하고 있는 듯했다.

"그렇기야 하겠지요. 허나 세상에 공짜는 없는 법입니다."

백야 김좌진의 말에 지청천과 홍범도는 동시에 백야 김좌진을 주시했다. 이어 지청천이 물었다.

"공짜는 없다니?"

"무슨 꿍꿍이속이 있을 겁니다. 저들이 그냥 도와주지는 않을 거란 말이지요. 더구나 이렇게 많은 군대를 도와준다면."

"하긴 나도 그 생각을 하긴 했네. 부대가 하나 둘도 아니고 이렇게 많은 군대를 도와준다는 것은 아무래도 뭔가 있어서 그러지 않나 싶어."

홍범도도 같은 생각을 그제야 털어놨다. 서로군정서군 사령관 지청천도 고개를 끄덕였다.

"그렇기는 하겠지만, 그렇다고 가지 않을 수도 없는 상황 아닙니까?"

"그러니 답답하단 얘기지요."

백야 김좌진은 한숨을 몰아쉬었다. 홍범도도 탄식을 터뜨렸다.

"그래서 빨리 조국을 되찾아야 해. 나라 잃은 설움이 바로 이런 것이라고."

"맞습니다. 이런 설움과 아픔을 후손들에게 물려주지 않기 위해서라도 반드시 독립을 쟁취해야만 합니다."

"옳은 말일세. 그래야 하고 말고."

홍범도와 지청천은 한숨 섞인 소리로 독립에 대한 열의를 주고받았다.

세 사람은 독립에 대한 염원을 나누며 십리와에서 만남을 가졌다. 그리고 곧 이만으로 향했다. 다시 이동한 것이다.

*　*　*

이만에는 무려 삼천오백여 명이나 되는 독립군이 집결했다. 그리고 이곳에서 독립군은 하나의 부대로 통합했다. 대한독립군단이라는 이름으로 통합했던 것이다. 총재에 서일, 부총재에 홍범도, 김좌진, 조성환이 임명되었고, 총사령에는 김규식이 임명되었다. 또한 참모총

장에는 이장녕, 여단장에는 지청천이 각각 임명되었다.

정비를 마친 대한독립군단은 원동공화국의 지원을 받아 일본군과의 결전을 준비했다. 그러나 곧 문제가 생겼다. 원동공화국에서 자유시로 들어오기 위해서는 모든 독립군이 무장을 해제한 채 들어와야 한다는 조건을 제시했기 때문이다.

대한독립군단은 곧 토론에 들어갔고 대부분이 조국의 독립을 위해서는 그들의 조건을 받아들여야 한다는 데 동의했다. 그러나 백야 김좌진의 생각은 달랐다. 반대를 표명했던 것이다. 그리고 그 문제는 곧 북로군정서군 안에서도 따로 토론되었다. 토론은 격렬했다.

"저들의 의도는 분명합니다. 우리를 저들의 내전에 끌어들이려는 셈이지요. 결국 저들에게 이용만 당하게 된다는 말입니다."

격앙된 목소리였다. 이범석이 먼저 포문을 연 것이다.

"우리에게 많은 식량과 무기를 지원해준다고 했습니다. 그 정도는 도움을 줄 수 있는 것이지요."

박두희는 지원을 이유로 그들의 조건을 받아들이자는 입장이었다.

"저들이 우리를 돕는다고는 했지만 실상은 그것도 여의치 않을 것입니다. 저들 내부의 문제도 복잡한데 어떻게 우리에게까지 신경 쓸 겨를이 있겠습니까? 믿을 만한 것이 못 됩니다."

이범석에 이어 백야 김좌진도 반대하고 나섰다.

"맞습니다. 잘못했다간 우리 목적마저 잃을 수 있습니다. 우리의 목적은 조국의 독립이지 저들이 말하는 혁명이 아닙니다. 더구나 저들은 공산주의자들입니다."

김규식의 말에 박두희가 발끈하고 나섰다.

"공산주의자라니요? 저들이 어떤 자들이든 우리를 돕는다는 것이 중요할 뿐입니다. 왜 공산주의를 들먹이십니까?"

박두희의 말에 백야 김좌진은 고개를 좌우로 흔들었다.

"아무튼 믿을 수 없는 일입니다. 만약 무장을 해제하고 들어갔다가 무슨 일이라도 생긴다면 그땐 어쩌려고 그럽니까?"

"속수무책이지요. 눈 뜨고 그냥 당할 수밖에 없습니다."

이범석이 당연하다는 듯 동조하고 나섰다.

"우리를 돕겠다고 약속까지 했는데 설마 그럴 리야 있겠습니까? 호의를 지나치게 의심하는 것도 예의가 아닙니다."

예의까지 들먹이며 박두희는 조금도 물러서려 하지 않았다.

"예의를 떠나 이것은 우리의 생사가 걸린 문제입니다. 어찌 그리 삐딱하게 말씀하십니까?"

이범석이 이번에는 툽상스럽게 맞받았다. 그러자 박두희도 지지 않고 맞섰다.

"삐딱하다니요? 그럼 호의도 의심하며 저버리는 것이 예의란 말입니까?"

분위기가 험악해지려 하자 김규식이 나서서 말렸다.

"그만하시지요. 이러다가 우리끼리 먼저 싸우겠습니다."

박두희는 식식거리며 고개를 돌리고 말았다. 끝까지 자신의 뜻을 관철하고야 말겠다는 태도였다.

이범석은 백야 김좌진을 쳐다보았다. 백야 김좌진도 난감한 얼굴로 이범석을 바라보았다.

"잘 생각해 보고 신중히 결정을 내리도록 합시다."

김규식은 박두희를 달랬다. 그러나 박두희의 입에서 나온 말은 너무나도 충격적인 것이었다.

"그렇다면 각자의 길을 가는 수밖에요."

"각자의 길을 가다니요?"

김규식이 놀란 얼굴로 물었다.

"저는 제가 갈 길을 가겠습니다. 싫으신 분들은 여기 남아 계시든가 만주로 돌아가시든가 하십시오."

북로군정서군을 나눠 가져가겠다는 것이었다. 고집불통이었다. 백야 김좌진은 한숨만 내쉬었다.

"가 봐야 후회만 할 텐데 꼭 그렇게까지 해야겠습니까?"

김규식이 다시 물었다.

"누가 후회를 하게 되는지는 아직 모르는 일이지요. 그러나 저는 분명 후회하지 않으리라 확신합니다."

박두희의 의지는 확고했다. 백야 김좌진은 더 이상 이야기를 나눠 봐야 소용이 없음을 알았다. 마음이 이미 떠난 사람을 설득하기란 쉽지 않은 일이었다. 결단을 내려야 했다. 잠시 침묵을 지킨 후 백야 김좌진이 마침내 입을 열었다.

"그렇다면 그렇게 하시오. 우리는 북만주로 돌아가리다."

돌아간다는 말에 이범석이 먼저 동조의 말을 건넸다.

"잘 생각하셨습니다. 돌아가 다시 시작하는 것이 옳은 일입니다."

김규식도 동의를 표했다.

"저도 함께 가겠습니다."

박두희는 미안한 표정으로 목소리를 낮췄다.

"끝까지 함께하지 못해 죄송합니다. 허나 마음만은 늘 함께하겠습니다. 모두 독립을 위한 일이지만 그 방법이 조금 다를 뿐이라 생각합니다."

박두희의 말에 백야 김좌진도 고개를 끄덕였다.

"맞습니다. 저도 그리 생각합니다. 방법이나 생각이 달라 잠시 헤어지는 것이겠지요. 박 동지도 뜻대로 모두 잘 이루어 다시 뵐 날을 기다리겠습니다."

토론이 작별인사가 되고 말았다. 이범석은 여전히 못마땅한 얼굴이었고 김규식도 아쉬움이 가득한 표정이었다. 그러나 박두희는 북로군정서군의 일부를 이끌고 자유시로 떠나고 말았다. 박두희뿐만이 아니었다. 홍범도, 지청천, 안무, 최진동 등 거의 대부분의 독립투사들이 자유시로 들어갔다. 그리고 마침내 러시아 적군에게 무장해제를 당하고는 모두 참변을 입고 말았다. 이른바 자유시 참변이었다. 1921년 6월의 일이었다.

  북만주로 돌아온 백야 김좌진은 큰 충격에 빠지고 말았다. 총재 서일의 죽음을 맞이했던 것이다. 서일은 밀산에 머물던 중 도적의 습격을 받아 부하들이 희생되자 그만 분을 참지 못하고 자결하고 말았다. 이로써 대한정의단으로부터 북로군정서, 그리고 대한독립군단까지 이끌었던 독립운동의 큰 기둥이 무너져 내리고 말았다. 백야 김좌진은 큰 실망에 잠기지 않을 수 없었다. 특히나 서일은 백야 김좌진에게 특별한 인물이었다. 그가 만주로 처음 왔을 때 대한정의단으로 불러주어 자리를 잡게 해 준 인물이었던 것이다. 이후로 서일은 북로군정서 총재로서, 백야 김좌진은 북로군정서군 사령관으로서 마치 물과 물고기와도 같이 함께했다. 때문에 백야 김좌진이 받은 충격은 큰 것이었다. 그러나 조국의 독립이라는 큰 사명 앞에서 마냥 좌절하고 있을 수만은 없었다. 백야 김좌진은 자신이 짊어지게 된 책임을 통감하고는 꿋꿋이 북로군정서를 정비했다. 그리고 마침내 다시 일어섰다. 대한 독립의 기수로서 북로군정서를 우뚝 일으켜 세웠던 것이다.

  "칼머리 바람 센데 관산 달은 밝기만 하구나!

칼끝에 서릿발 차가워 고국이 그립도다.
삼천리 무궁화 동산에 왜적이 웬말이던가?
내 쉼 없이 피 흘려 싸워 왜적을 물리치고
진정 님의 조국을 찾고야 말리라."

백야 김좌진이 압록강을 건너며 지었던 시다. 처음도 조국의 독립이요 끝도 조국의 독립뿐이었다.

(끝)

참고한 자료

[문헌]

김재승, 《만주벌의 이름 없는 전사들》, 혜안, 2002.
박영석, 《재만 한인독립운동사 연구》, 일조각, 1988.
박환, 《김좌진 평전》, 선인, 2010.
반병률, 《1920년대 전반 만주 러시아지역 항일무장투쟁》, 한국독립
　　　운동사연구소, 2009.
윤병석, 《독립군사》, 지식산업사, 1990.
이강훈, 《항일독립운동사》, 정음사, 1974.
이범석, 《우등불》, 사상사 1971.
이성우, 《만주 항일무장투쟁의 신화 김좌진》, 역사공간, 2011.

장세윤, 《봉오동 청산리전투의 영웅 홍범도의 독립전쟁》, 역사공간, 2007.
전옥진, 《대한독립군 총사령관 백야 김좌진장군전기》, 홍성군, 2001.
채영국, 《1920년대 후반 만주지역항일투쟁》, 한국독립운동사연구소, 2007.
한국독립유공자협회, 《중국동북지역 한국독립운동사》, 집문당, 1997.
황민호, 《재만 한인사회와 민족운동》, 국학자료원, 1998.

[인터넷 사이트]

백야 김좌진 기념사업회, www.kimjwajin.org.
한국민족문화대백과 http://encykorea.aks.ac.kr.
네이버 백과사전, http://terms.naver.com.
두산 백과사전, http://www.doopedia.co.kr.
위키 백과, http://ko.wikipedia.org/wiki.
한국역대인물 종합정보시스템, http://people.aks.ac.kr.
문화콘텐츠닷컴, http://www.culturecontent.com.